SBI
SBI

Sonja Kaiblinger

SCARY HARRY

Meister aller Geister

Mit Illustrationen von Fréderic Bertrand

Band 3

Loewe

FSC
www.fsc.org
MIX
Papier aus verantwortungsvollen Quellen
FSC® C083411

ISBN 978-3-7855-8035-6
2. Auflage 2015

Umschlag- und Innenillustrationen: Fréderic Bertrand
Umschlaggestaltung: Franziska Trotzer
Redaktion: Christiane Rittershausen
Printed in Germany

www.loewe-verlag.de

Inhalt

Ein Torero im Exil

Bei Otto zu Hause, im Radieschenweg Nummer acht, war es normalerweise nie leise. Noch nicht einmal nachts. Das lag daran, dass hier nicht nur Otto selbst wohnte, sondern eine ganze Reihe außergewöhnlicher Zeitgenossen. Seine Tante Sharon, der das Haus gehörte, sammelte Uhren und hatte einen ausgeprägten Putzfimmel. Sie liebte es, beim Staubsaugen mächtig Lärm zu machen, und das Ticken der Uhren konnte einem mitunter gewaltig auf den Wecker gehen. Aber noch außergewöhnlicher waren Ottos Hausgeister, Sir Tony, Bert und Molly, ein Haufen ganz und gar nicht gruseliger Pappnasen, die ständig Unfug trieben – und zu guter Letzt Ottos Hausfledermaus Vincent, die nicht nur sprechen konnte, sondern obendrein rotzfrech war.

Doch an diesem späten Nachmittag war es beinahe ge-

spenstisch ruhig im Salon. So ruhig, dass Otto gleich ein mulmiges Gefühl beschlich. Kein Staubsaugerlärm und kein Sir Tony, der sich darüber beschwerte, dass er bei diesem Krach nicht schlafen konnte. Bloß Tante Sharons Uhren tickten vor sich hin. Von den anderen Geistern fehlte ebenfalls jede Spur, und, was noch viel beunruhigender war, auch Tante Sharon schien nicht zu Hause zu sein. Noch nicht einmal eine Notiz hatte sie hinterlassen. Das sah ihr gar nicht ähnlich.

Auf der Suche nach Essen ging Otto schließlich in die Küche, wo er auf Bert traf. »Mann, Otto, ich sterbe vor Hunger«, stöhnte der Hausgeist, als Otto die Kühlschranktür öffnete. Weil Bert im Kühlschrank lebte, traf man ihn meistens dort an. »Hast du vielleicht etwas zu essen mitgebracht? Sieh dir das an.« Er deutete auf die Fächer und seufzte. »Hier herrscht gähnende Leere.«

»Verhungern kannst du gar nicht, du bist doch schon tot, Bert«, grinste Otto und blickte sich in der Küche um. »Wo steckt eigentlich Tante Sharon?«

Bert hob die Schultern. »Wenn ich das nur wüsste. Am Vormittag ist sie aus dem Haus gegangen, aber sie ist immer noch nicht zurückgekehrt«, murmelte er niedergeschlagen. »Ich hatte gehofft, dass sie einkaufen geht.« Aus der hintersten Ecke des Kühlschranks förderte er einen Joghurtbecher zutage und betrachtete ihn argwöhnisch. »Der ist letztes Jahr abgelaufen. Bäh. Den esse ich nicht mehr. Und diese alte, schrumpelige Kiwi kannst du auch behalten. Ich hoffe, hier kommt bald etwas Essbares ins Haus, sonst verputze ich vor lauter Hunger deine Fledermaus.«

»Bei dir piept es wohl, du Vielfraß!«, meldete sich jetzt Vincent zu Wort. Ottos Hausfledermaus musste gerade aufgewacht sein, nachdem sie den ganzen Nachmittag lang in Ottos Schulranzen geschlafen hatte. Wie so oft war Vincent Otto heute heimlich in die Schule gefolgt und hatte dort für Turbulenzen gesorgt.

Obwohl Otto es ihm strengstens verboten hatte, ignorierte Vincent seine Anweisungen konsequent. Heute Morgen nach dem Aufstehen musste er unbemerkt in Ottos Federmäppchen geschlüpft sein und hatte bis nach der Doppelstunde Sport tief und fest darin geschlafen. Im Anschluss hatte er sich fit und ausgehungert gefühlt, war aus dem Schulranzen gekrochen und hatte sich heimlich auf Erkundungstour durch die Sigmund-Schwefelkopf-Schule begeben.

Dabei hatte er mehrere Zwischenstopps eingelegt, sich einmal in der Augenhöhle des menschlichen Skeletts im Biologiesaal versteckt, beinahe Rattles, den Schulhamster, gebissen und im Anschluss ein Stück Kreide gefressen, das er irrtümlich für eine fette weiße Made gehalten hatte.

Otto konnte von Glück sagen, dass es niemandem gelungen war, Vincent einzufangen. Müde, ausgelaugt und weiße Kreidewölkchen spuckend war die Fledermaus schließlich wieder in den Ranzen zurückgekehrt und hatte den Tag als vollen Erfolg verbucht.

Für Otto war der Tag dafür umso mühsamer gewesen und inzwischen knurrte sein Magen. Blieb bloß zu hoffen, dass Tante Sharon bald nach Hause kommen und Essen mitbringen würde – für Otto und für Bert, der noch immer nicht verstanden hatte, dass Geister für gewöhnlich nichts aßen oder tranken.

»Schon okay, Vincent, war bloß ein Scherz.« Bert rieb sich seinen Bauch. »Ich finde es nur einfach unerhört, dass sich Ottos Tante nicht um mein leibliches Wohl sorgt und einfach verschwindet.«

Otto nickte geistesabwesend. Tante Sharon wusste natürlich nichts von der Existenz von Bert und seinem leiblichen Wohl, aber die Tatsache, dass sie auch für Otto

nichts zu essen vorbereitet hatte, machte ihn doch etwas stutzig. Wo um alles in der Welt steckte sie?

»Vielleicht ist sie ausgewandert?«, schlug Sir Tony vor, den Otto nach längerem Suchen in der geheimen Bücherkammer unter seinem Zimmer entdeckte. Dieser Gedanke schien dem ältesten Hausgeist äußerst gelegen zu kommen. »Die alte Schachtel hat endlich eingesehen, dass die Villa mein Haus ist und sie hier drin nichts zu suchen hat. Ich frage mich nur, warum sie ihre nervigen Uhren nicht mitgenommen hat.«

Otto kratzte sich am Kopf. Er war sich ziemlich sicher, dass Tante Sharon *nicht* ausgewandert war. Sie würde ihn doch nicht einfach alleinlassen. Oder etwa doch?

»Die Wäsche hat sie auch nicht gewaschen«, jammerte Molly, die auf dem Globus hockte und sich drehte. »Die stapelt sich immer noch in den Wäschekörben. Vielleicht ist ihr ja etwas zugestoßen? Womöglich wurde sie gekidnappt?« Molly purzelte ein Lockenwickler aus dem Haar. »Entführt? In Geiselhaft genommen? Von Verbrechern, Gaunern oder anderen Ganoven, die es auf ihre wertvolle Uhrensammlung abgesehen haben.«

»Auf ihre Uhrensammlung? Du tickst wohl nicht richtig, Molly!«, empörte sich Sir Tony. »Was sollen die Verbrecher denn mit den hässlichen Dingern? Die kauft ihnen doch niemand ab.« Dann schien ihm ein neuer Gedanke zu kommen. »Aber vielleicht ... wollen sie

ja … den neuen Staubsauger stehlen! Der ist bestimmt viel wert.« Er stieß einen verzweifelten Schrei aus. »Und was soll ich bloß ohne meinen Staubsauger machen? Der Staubsauger ist doch mein Zuhause!«

Otto ignorierte Tonys Gejammer und kletterte über die Leiter zurück in sein Zimmer. Er spürte, wie sich in seinem Bauch ein dicker, fetter Knoten zusammenzog, während er aus dem Dachfenster blickte, um nach Tante Sharon Ausschau zu halten. Auch wenn Mollys und Sir Tonys Geplapper nicht ganz ernst zu nehmen war, der Gedanke, dass Tante Sharon etwas zugestoßen sein könnte, ließ sich nicht abschütteln.

Es wäre nicht die erste Tragödie in Ottos Leben gewesen. Nachdem seine Eltern vor etwas mehr als zwei Jahren von einer Ausgrabung nicht mehr heimgekehrt waren, war Tante Sharon zu seiner einzigen Bezugsperson geworden. Was, wenn ihr tatsächlich etwas passiert war? Wenn Otto nun ganz auf sich selbst gestellt war?

In diesem Augenblick hörte er, wie unten die Haustür ins Schloss fiel. »Hallo, Otto«, flötete es kurz darauf aus dem Flur. Tante Sharons Stimme! Otto fiel ein Stein vom Herzen. In Windeseile stürmte er nach unten, wo seine Tante gerade ihren Mantel aufhängte. »Da bist du ja«, rief sie. »Es tut mir leid, dass ich dir noch nichts zu essen gekocht habe.«

Wie vom Donner gerührt starrte Otto sie an. Sie schien

unversehrt – mehr noch, sie wirkte glücklich und entspannt und nicht im Geringsten so, als hätte sie in Lebensgefahr geschwebt. Außerdem hatte sie eine riesige Wanduhr mitgebracht, die aussah wie die große Uhr in der Bahnhofshalle.

»Tante Sharon! Was für ein Glück, dass du da bist. Wo warst du?«, wollte er wissen.

Tante Sharon grinste. »Oh Otto, du wirst es nicht glauben, aber wir haben neue Nachbarn. Genauer gesagt, eine neue Nachbarin namens Madame Olga. Und sie wohnt direkt gegenüber, in Mr Olsens altem Haus.«

Otto überlegte. In Mr Olsens altem Haus? Dort wohnte doch eigentlich Fernando, der spanische Geist, den Otto erst kürzlich kennengelernt hatte.

»Madame Olga ist die netteste und unterhaltsamste Nachbarin, die man sich vorstellen kann«, erzählte Tante Sharon weiter und legte die Uhr vorsichtig auf dem Esstisch ab. »Sie ist von Beruf Wahrsagerin, und stell dir vor, sie hat früher bei einem Zirkus gearbeitet. Sie war dort ein richtiger Star.«

Ein Star? Selbst wenn das stimmte, bezweifelte Otto stark, dass Fernando sein Haus freiwillig teilen würde. Er war davon ausgegangen, dass das kleine, in die Jahre gekommene Nachbarhaus lange leer stehen würde, aber da hatte er sich wohl leider geirrt.

»Madame Olga ist ein bisschen … wie soll ich sa-

gen … eigenwillig«, fuhr Tante Sharon fort. »Sie hat alle elektrischen Geräte aus ihrem Haus verbannt und benutzt bloß Kerzen. Sie meint, jede Art von elektrischer Spannung störe sie bei der Kommunikation mit Geistern. Sie besitzt noch nicht mal einen Fernseher.«

Otto biss sich auf die Unterlippe. Okay, es bestand kein Zweifel, Fernando tobte bestimmt. Otto wusste, dass der Torero absolut versessen auf eine schmalzige spanische Telenovela war, die jeden Vorabend im Fernsehen lief. Otto empfand beinahe Mitleid mit seinem Geisterfreund, auch wenn er selbst nichts mit spanischen Serien anfangen konnte. Er verstand sie ja noch nicht einmal.

»Und außerdem mag sie Uhren, genau wie ich«, erzählte Tante Sharon weiter, doch Otto hörte nur mit halbem Ohr zu. Sein Blick war plötzlich auf die Uhr auf dem Esstisch gefallen, die Tante Sharon offensichtlich von ihrem Besuch mitgebracht hatte. Die Zeiger drehten sich wie durch Geisterhand gegen den Uhrzeigersinn. Otto bekam eine Gänsehaut.

»Sie hat mir ihre alte Wanduhr mitgegeben, damit ich sie für sie repariere«, erklärte Tante Sharon, die inzwischen in der Küche werkelte und von dem merkwürdigen Spuk nichts mitbekam. »Und jetzt rate mal, was sie mir als Gegenleistung angeboten hat.«

»Pssst … *Buenos días, amigo*«, ertönte eine leise, flüsternde Stimme aus der Uhr. Otto hielt den Atem an.

Hatte er sich verhört? »Ich bin es, Fernando«, zischte die Stimme. »Ich muss mit dir reden, Otto. Es ist dringend!«

Fernando steckte in der Uhr! Otto konnte den Torero zwar nicht erkennen, aber es wäre nicht das erste Mal gewesen, dass er sich in einer Uhr verkrochen hatte und an den Zeigern herumdrehte.

»Otto? Du hörst mir ja gar nicht zu.« Tante Sharon streckte den Kopf aus der Küche. »Ich wollte dir gerade erzählen, was mir Madame Olga als Gegenleistung für die Reparatur der Uhr angeboten hat.«

Otto sah seine Tante an und versuchte sich zu konzentrieren. »Äh … hmm … vielleicht Geld?«, riet er. Ihn interessierte viel brennender, was Fernando zu sagen hatte – aber er konnte unmöglich vor Tante Sharon mit dem Geist sprechen. Sie würde ihn für komplett durchgeknallt halten.

»Vielleicht ein Haus auf den Bahamas?«, schlug Sir Tony vor, der hinter Tante Sharon aufgetaucht war. »Dann hätte ich als rechtmäßiger Eigentümer der Villa endlich wieder das Sagen und nicht diese Hausbesetzerin da.« Er deutete auf Ottos Tante und schnitt eine Grimasse. Otto war froh, dass Tante Sharon Tony weder sehen noch hören konnte.

»Einen riesigen Laib Käse?«, versuchte es auch Bert und rieb sich seinen Bauch vor Hunger.

»Etwas viel Besseres als Geld«, erklärte Tante Sharon

zufrieden und wies auf die Uhr hinter sich. Die Zeiger standen nun wieder still, auch wenn sie jetzt eine ganz andere Uhrzeit anzeigten als vorhin. »Sie hat mir versprochen, dass wir demnächst eine Séance abhalten werden. Das ist eine Geistersitzung.« Tante Sharon strahlte Otto an. »Sie will mir helfen, mit Onkel Archibald in Kontakt zu treten. Ist das nicht wundervoll?«

Otto rang nach Worten. Diese Wahrsagerin von nebenan wollte Kontakt ins Jenseits herstellen? Um mit Tante Sharons verschwundenem Ehemann Archibald zu sprechen? Oje!

»Madame Olga meint, du sollst sie unbedingt auch mal besuchen kommen«, setzte Tante Sharon hinzu und pflückte die Einkaufsliste vom Kühlschrank. »Sie würde dich gerne kennenlernen. Sie sagte, sie möge Kinder.« Sie schmunzelte. »Ich gehe noch schnell zum Supermarkt und kaufe uns etwas zum Abendessen ein. Vielleicht kannst du dich inzwischen nützlich machen und mir mein Werkzeug aus dem Abstellraum holen. Dann kann ich gleich heute Abend mit Madame Olgas Uhr loslegen.« Sie rieb sich die Hände. »Ich kann die Séance kaum erwarten.«

Einen Augenblick später hatte sich Tante Sharon auch schon ihren Einkaufskorb geschnappt und war abgerauscht. Otto blieb verdattert stehen. Dutzende Fragen geisterten ihm durch den Kopf. Fragen wie: Wohnte tatsächlich eine echte Wahrsagerin nebenan? Eine, die vielleicht sogar mit Onkel Archibald Kontakt aufnehmen konnte? Was, wenn sie Tante Sharon eines von Ottos Geheimnissen verriet?

Noch bevor Otto überhaupt einen klaren Gedanken fassen konnte, hatte sich eine schmächtige Gestalt mit rotem Umhang und Schnauzbart vor ihm aufgebaut. Fernando standen Schweißtropfen auf der Stirn, er wirkte aufgeregt und zitterte am ganzen Körper. »Otto, was für eine Glück, dass ich dich hier finde. Ich habe mich in der Uhr aus dem Haus geschmuggelt, um dich um Hilfe zu bitten. Wir … wir haben eine *emergencia* – eine Notfall!«

* * *

»*Ai, ai, ai*, was für eine Desaster«, jammerte der spanische Geist, während sein Blick unruhig zwischen den Bücherregalen hin und her huschte. Otto hatte ihn kurzerhand mit in die Bücherkammer genommen, wo er sich sofort in die hinterste Ecke verzogen hatte. Fernando wirkte vollkommen verstört. Er hatte seinen roten Umhang ängstlich um den Körper geschlungen und der gezwirbelte Bart hing traurig herunter. »Otto, du musst dafür sorgen, dass dieses entsetzliche Weibsbild aus meine *casa* verschwindet. Sie ist eine Katastrophe. Womit zur Paella habe ich denn das verdient?«

»Jetzt beruhige dich doch erst mal, Fernando«, redete Otto auf den Torero ein.

»Beruhigen?«, rief Fernando aufgebracht. »Nie in die Leben!«

»Jetzt erzähl uns doch mal der Reihe nach, was passiert ist«, schaltete sich Sir Tony ein. »Seit wann wohnt Madame Olga in deinem Haus?« Er wirkte geradezu besorgt. Wenn es um vermeintliche Hausbesetzer ging, schien er plötzlich Mitgefühl für andere zu entwickeln.

Fernando schüttelte verzweifelt den Kopf. »Es ging … alles so schnell. Ich hatte es mir gerade mit einer Packung Tortillachips vor dem Fernseher gemutlich gemacht, da stand plötzlich dieses Monster in meine *casa.*« Er schniefte. »Sie hat mich angebrullt, ich soll verschwinden, sonst wurde sie mir alle Barthaare einzeln ausreißen. *¡No me gusta!*« Wehleidig vergrub er das Gesicht in den Händen. »Was für ein Ungluck.«

Otto riss die Augen auf. »Moment mal. Sagtest du gerade, Madame Olga hat dich angeschrien? Das heißt, sie hat dich tatsächlich *gesehen*? So wie ich dich sehen kann?«

»*Sí*«, bestätigte Fernando und nickte eifrig. »Sie hat mich direkt angesehen und dabei haben ihre Augen hellbraun geglüht … wie die von eine Stier in die Arena. Es war gruselig, *amigos.*«

Armer Fernando. Otto betrachtete den Geist, der wie ein Häuflein Elend vor ihm hockte. Jedoch neigte der

spanische Torero nicht selten zu Übertreibungen. Tante Sharon fand die neue Nachbarin doch unglaublich faszinierend und nett. Warum schien Fernando sie so zu hassen? Vielleicht gab es dafür gar keinen Grund. Fernandos Abneigung richtete sich bestimmt gegen jeden, der neu in seine vier Wände zog. Bei Sir Tony war das ja ganz genauso. Allerdings – merkwürdig klang diese Geschichte schon, das musste Otto zugeben.

»Denkst du, Madame Olga kann wirklich Geister sehen?« Sir Tony sah Otto fragend an. »Könnte sie die gleiche Fähigkeit besitzen wie du?«

Otto dachte einen Moment lang nach. Bis zu seinem Einzug bei Tante Sharon hatte er selbst nichts von seiner mysteriösen Gabe geahnt. Bevor seine Eltern verschwunden waren, war sein Leben gänzlich normal verlaufen.

»Ich weiß es nicht«, antwortete er schließlich. Denkbar war es schon, dass es auf der Welt noch mehr Menschen gab, die Geister sehen konnten. Vielleicht war Madame Olga einer davon.

»Könnt ihr die alte Schreckschraube nicht irgendwie vertreiben?«, unterbrach Fernando Ottos Gedanken. »*¿Por favor?* Das wäre wirklich *grandioso*! Und vielleicht könnt ihr mir danach euren Fernseher leihen, damit ich wieder meine Lieblingsserie schauen kann.« Er seufzte. »Wenn ich ein paar Folgen verpasse, kenne ich mich überhaupt nicht mehr aus.«

»Madame Olga vertreiben? Das wird bestimmt schwierig«, murmelte Otto ratlos. »Tante Sharon meinte, sie sei ganz nett. Kannst du dich nicht irgendwie mit ihr arrangieren?«

»Keine Chance«, knurrte der Torero und verschränkte die Arme.

Otto überlegte fieberhaft. »Und was ist, wenn du einstweilen hierbleibst? Bis wir, na ja, eine Lösung für dein Problem gefunden haben.«

»Kommt gar nicht infrage«, wehrte sich nun Sir Tony vehement. Wenn es um »sein« Haus ging, hörte sein Mitleid offenbar doch auf. »Das Thema hatten wir doch schon, Otto. Drei Geister sind ohnehin schon zu viel für die Villa. Und außerdem ist dieser Wicht eine Strapaze für meine armen Nerven.« Er schnaubte. »Dagegen ist die garstige Fledermaus ja richtig angenehm.«

»Was soll das heißen? Das klingt ja so, als würde ich Ärger bereiten!« Ottos Hausfledermaus war durch den Spalt in der Falltür geschlüpft und raste auf Sir Tony zu, der sich flink in Luft auflöste und in der anderen Ecke des Raumes erschien. »Bei dir piept es wohl.« Vincent flatterte auf die Bücherleiter und warf sich in die Brust. »Ich bin das allerpraktischste, pflegeleichteste und treuste Haustier auf Erden. Fange mir selbst mein Essen. Pupse nicht. Und bin stubenrein. Okay, zugegeben, besonders niedlich bin ich vielleicht nicht, aber dafür kann ich

ja wohl nichts. Nichts und niemand ist mit dreihundertsechsundzwanzig Jahren auf dem Buckel noch niedlich. Und trotzdem würde Otto mich für kein kulleräugiges Kaninchen der Welt hergeben wollen, stimmt's?«

Otto verdrehte die Augen und musste unwillkürlich grinsen. Fernando war nicht der Einzige, der gern übertrieb.

Sir Tony seufzte. »Na fein. Alles, was ich sagen wollte, war, dass ich mir dieses Haus immerhin auch mit einer alten nervigen Hausbesetzerin teilen muss. Also warum sollte es dem vorlauten Bohnenzwerg da besser ergehen?«

Der Torero warf Sir Tony einen bösen Blick zu.

Otto kam eine Idee. »Wie wäre es, wenn du zeitweilig in den Geräteschuppen in Mr Olsens Garten ziehst, Fernando?«, schlug er vor. »Und ich leihe dir inzwischen den batteriebetriebenen Campingfernseher, den Tante Sharon seit Ewigkeiten im Keller aufbewahrt. Den vermisst sie bestimmt nicht. Er zeigt die Bilder zwar nur in Schwarz-Weiß, aber damit kannst du im Schuppen fernsehen.«

»Das würdest du für mich tun?« Fernando schwebte auf Otto zu und gab ihm einen dicken Schmatz auf die Backe. »*Muchas gracias*, Otto – du bist der beste Freund, den sich Geister wunschen können. In der Zwischenzeit richte ich mir meinen Geräteschuppen wohlig warm ein und bereite uns ein paar leckere Tacos vor. Und wenn du mich besuchen kommst, feiern wir hier eine hubsche *fiesta.*«

Otto nickte, aber gleichzeitig kamen ihm leise Zweifel. Ob dieses Problem wirklich so einfach aus der Welt zu schaffen war? Es half nichts, er musste sich unbedingt selbst einen Eindruck von dieser Madame Olga verschaffen.

Die Schreckschraube von nebenan

Tante Sharon reparierte Madame Olgas riesige Wanduhr in Windeseile. Schon am kommenden Nachmittag funktionierte sie wieder einwandfrei. Zufrieden drückte Tante Sharon Otto die Uhr in die Hände.

»Lieb von dir, dass du Madame Olga die Uhr persönlich vorbeibringen möchtest«, sagte sie. »Dann sieht sie gleich, was für einen wohlerzogenen Neffen ich habe. Und wie nett, dass du Emily mitnimmst. Olga freut sich über jeden Besuch.« Otto warf seiner Freundin Emily einen verstohlenen Blick zu. Sie hatten gerade eine schwierige Mathehausaufgabe erledigt und konnten etwas Abwechslung gebrauchen. Außerdem hatte Otto ihr heute in der Schule alles brühwarm erzählt und wusste, dass Emily genau wie er schon darauf brannte, die mysteriöse Wahrsagerin mit eigenen Augen zu sehen.

»Richtet ihr liebe Grüße von mir aus«, flötete Tante Sharon den beiden noch hinterher, als sie durch die Haustür nach draußen traten.

Inzwischen war es Ende Februar und in Tante Sharons Garten war nun auch das letzte bisschen Schnee weggeschmolzen. Trotzdem ließ sich der Frühling noch nicht blicken und der Himmel trug ein schmutziges, tristes Grau. Otto und Emily bahnten sich ihren Weg durch einige Pfützen bis zum Gartentor und überquerten die Straße, bis sie vorm Nachbarhaus standen. Emily deutete auf ein glänzendes Messingschild neben Mr Olsens alter Haustür. »Sieh mal, Otto. Dieses Schild ist neu.«

Otto warf einen Blick auf das Schild. In verschnörkelten Buchstaben stand dort:

> *Die geheimnisvolle Madame Olga,*
>
> *zertifizierte und diplomierte Wahrsagerin.*
> *Ihr schneller Draht zur Geisterwelt.*
>
> *Termine nur nach Voranmeldung.*
>
> *Keine Handys oder anderen elektronischen Geräte während der Séancen erlaubt.*

Otto drückte auf den Klingelknopf und trat einen Schritt zurück. Drinnen rührte sich nichts.

»Ist wohl nicht zu Hause, diese Geister-Tante«, brummte Vincent, der vor Kälte zitterte. »Lasst uns gehen. Ich friere mich hier zu Tode, und das will was heißen, immerhin bin ich eine Halb-Geisterfledermaus.« Vincent schlang sich die Flügel um seine Brust. »Ich verstehe wirklich nicht, warum dieser Torero freiwillig ins kalte England gezogen ist. In Spanien ist es jetzt bestimmt schön warm. Können wir nicht dorthin fahren, Otto? Bitte, bitte! Spanische Würmer sind bestimmt feuriger und würziger als diese zähen englischen Insekten. Pfui!«

»Jetzt sei doch mal leise, Vincent.« Otto nahm die Fledermaus von seiner Schulter und steckte sie in die Seitentasche seines Rucksacks. In diesem Moment öffnete sich die Tür und ein gelockter Kopf spähte heraus.

»Wer stört?«, blaffte eine tiefe, raue Stimme. Jetzt wurde die Tür vollständig geöffnet und eine untersetzte Dame mit rotem lockigen Haar und gehäkeltem Kleid stand vor Otto und Emily.

Otto hielt den Atem an. Ein furchtbarer Geruch nach Schießpulver und Räucherstäbchen schlug ihnen entgegen.

»Ich kaufe nichts«, brummte die Frau und rümpfte dabei ihre knollige Nase. Aus der Nähe konnte Otto erkennen, dass sie dicke Schminke im Gesicht trug und damit aussah wie ein exotischer Vogel. Außerdem schienen ihre Augen regelrecht bernsteinfarben zu glühen. »Keine Kekse. Keine Schokoladentafeln. Und wenn ihr

Spenden für die Pfadfinder sammeln wollt, könnt ihr das auch gleich vergessen.«

Wie vom Donner gerührt starrte Otto die merkwürdige Frau an. Konnte es tatsächlich sein, dass das hier Tante Sharons neue Freundin war? Eine mies gelaunte, nach Schießpulver stinkende Schreckschraube?

»Was steht ihr noch hier, ihr Rotzlöffel?«, schrie Madame Olga jetzt aus voller Kehle und hob die Hand, als wollte sie Otto und Emily ohrfeigen. »Wollt ihr etwa eine Tracht Prügel kassieren? Ihr stört mich mitten in einer Sitzung!«

Otto lief ein kalter Schauer über den Rücken. Offenbar hatte Fernando ausnahmsweise mal nicht übertrieben. Otto konnte gut verstehen, dass er vor dieser alten Hexe Reißaus genommen hatte.

Emily ließ sich nicht einschüchtern. »Wir wollen Ihnen nichts verkaufen. Wir sind bloß hier, um Ihnen Ihre Uhr zurückzubringen«, erklärte sie. »Wir

sind Ihre Nachbarn und haben gehört, dass Sie erst kürzlich in diese Gegend gezogen sind. Ich bin Emily. Und das ist mein bester Freund Otto.«

Die bernsteinfarbenen Augen der Dame musterten erst Otto, dann Emily. »Ach ja. Die Nachbarn«, knurrte sie und riss Emily die Uhr aus der Hand. Das Ding bestand aus Metall und war ganz schön schwer, aber Madame Olga hob es hoch, als wäre es federleicht. »Ich hoffe, ihr wohnt nicht gleich nebenan. Ich hasse Kindergekreische.«

»Tja, ich fürchte, ich wohne gleich gegenüber, bei meiner Tante Sharon«, gab Otto trocken zurück und deutete auf die Villa hinter seinem Rücken. Was bildete sich diese Person eigentlich ein? Otto war immerhin schon zwölf und kein kreischendes Kleinkind.

Erstaunlicherweise verschwand der grimmige Ausdruck auf dem Gesicht seines Gegenübers. Für einen Moment betrachtete Madame Olga Otto, dann zog sie ein Fernglas aus ihrer Tasche und richtete es auf die Villa. Sie schien jedes Detail des Hauses genauestens zu untersuchen, dann glitt ihr Blick zurück zu Otto. »Eine schöne alte Villa habt ihr da, du und deine Tante. Sieht sehr geheimnisvoll aus.« Sie lächelte, doch es wirkte eher wie eine Grimasse. »Und ich habe eine Schwäche für Geheimnisse«, fügte sie hinzu.

Eine Schwäche für Geheimnisse? Otto hob die Augenbrauen. Diese Person hatte wohl eher eine Schwäche für Schwefel und stinkende Räucherstäbchen.

»Geheimnisse sind mein Beruf. Ich bin Wahrsagerin«, brummte sie. Sie machte eine ausladende Geste. »Ich bin die großartige Madame Olga. Von mir habt ihr sicher schon gehört. Jeder hat von mir gehört.«

Otto und Emily wechselten einen kurzen Blick und schwiegen.

»Was? Ihr kennt mich nicht?« Madame Olga schien irritiert. »Früher war ich eine Legende. Ein Publikumsmagnet. Ich bin einst mit einer Zirkusgruppe durch ganz Russland gezogen, bevor ich sie wegen akuter Clown-Phobie verlassen musste.« Madame Olga schüttelte sich. »Ich finde Clowns immer noch gruselig. Die rote Nase. Die weiße Schminke. Brr.«

»Clowns sind bestimmt nicht so gruselig wie du am Morgen nach dem Aufstehen, du alte, bunte Schnepfe«, knurrte Vincent aus dem Rucksack.

»Schscht«, machte Otto, doch zum Glück bekam Madame Olga nichts davon mit. Tante Sharons Villa schien sie immer noch zu faszinieren. Es war auch wirklich ein schönes altes Haus, mit den Erkern und Türmchen und den vielen leer stehenden Räumen. Und was die Geheimnisse darin anbelangte, so hatte Madame Olga durchaus richtig vermutet.

»Wie auch immer.« Nun widmete die Wahrsagerin

ihre Aufmerksamkeit wieder Otto und Emily. »Wenn ihr euch nützlich machen wollt, empfehlt euren Freunden die grandiose Madame Olga.« Während sie ihren eigenen Namen aussprach, führte sie erneut eine ausschweifende Handbewegung aus, dann machte sie kehrt und wackelte zurück ins Haus. »Macht bloß keinen Krach nach Einbruch der Dunkelheit. Und jetzt verzieht euch, ihr Plagegeister!«, knurrte sie und verpasste Otto und Emily einen festen Schubs. Emily taumelte nach hinten und wäre um ein Haar ins Rosenbeet gefallen. »Sonst hetze ich ein paar Geister auf euch. Die werden euch lehren, dass man Wahrsagerinnen nicht einfach mitten in einer Sitzung stört.«

Mit diesen Worten warf sie die Tür ins Schloss.

»Na, das ist ja mal eine alte griesgrämige Hexe«, murmelte Emily nach einer Weile und starrte immer noch auf Mr Olsens Haustür, vor der ein Windspiel schräge Klänge von sich gab. »Ich fange an, unsere schlimmsten Lehrer plötzlich ganz gern zu mögen.«

»Jemand wie die hat uns gerade noch gefehlt«, meinte Otto. »Hey, wir könnten Harold fragen, ob er ihr einen ordentlichen Schrecken einjagen und sie damit vertreiben kann. Vor einem echten Sensenmann fürchtet sie sich vielleicht.«

Emily kratzte sich nachdenklich an der Nase. »Wohl

eher umgekehrt. Harold hat bestimmt mehr Angst vor *ihr.*« Sie überlegte einen Moment. »Aber wenn Madame Olga tatsächlich einen guten Draht zur Geisterwelt hat, wäre es doch möglich, dass Harold sie kennt und uns etwas über diese merkwürdige Person sagen kann. Es ist doch komisch, dass sie sich deiner Tante gegenüber ganz anders verhalten hat als gerade eben.«

Otto nickte. Warum war sie zu Tante Sharon so nett gewesen und zu ihm und Emily so biestig? Sie benahm sich mehr als verdächtig, daran bestand kein Zweifel.

»Ich werde heute Nacht wach bleiben und auf Harold warten«, beschloss Otto, während sie zurück zu Tante Sharons Haus gingen. »Die Sache stinkt zum Himmel. Und damit meine ich nicht nur den ekligen Schwefelgestank.«

Der Spion mit der Lizenz zum Töten

Otto verbrachte fast den ganzen Abend damit, über Madame Olga nachzugrübeln. Was stimmte nicht mit ihr? Und konnte sie wirklich mit Geistern kommunizieren? Er hatte bis jetzt noch nie jemanden getroffen, der dieselbe Gabe besaß wie er. Emily hatte zwar auch schon Bekanntschaft mit Ottos Hausgeistern gemacht, doch sie brauchte dazu eine Geisterbrille, eine Erfindung von Onkel Archibald. Vielleicht konnte er mit Madame Olgas Hilfe herausfinden, woher seine mysteriöse Fähigkeit kam. Aber wie sollte er das anstellen?

Tante Sharon war bereits zu Bett gegangen und Otto schließlich im Ohrensessel neben dem Kamin eingenickt, als die Tür zum Salon aufschwang. Harold schlurfte ins Zimmer und stellte einen wackeligen Turm Gurkengläser auf dem Couchtisch ab.

»Guten Abend, du Schlafmütze«, begrüßte er Otto und nahm seine Kapuze ab. »Na, willst du mal die heutige Ausbeute sehen? Ich werde immer besser, heute hab ich im Schnitt nur zwanzig Minuten gebraucht, um eine Seele einzufangen.« Er kratzte sich an der knochigen Stirn. »Das macht bei zehn Seelen eine Gesamtzeit von … ähm … huch, wie ging das noch gleich?«

»Zweihundert Minuten. Oder drei Stunden und zwanzig Minuten«, half Otto seinem Kumpel.

»Bingo. Danke. Mein Matheunterricht ist immerhin schon mehr als fünfhundert Jahre her.« Harold klopfte sich gegen den Schädel. »Und ohne Gehirn kann man nicht mehr so gut denken. Könntest du mir mit der Pendeluhr helfen? Mit dir als Assistent geht mir die Arbeit viel leichter von der Hand.«

»Na fein.« Etwas mühsam rappelte sich Otto vom Sessel hoch und sah dem Sensenmann dabei zu, wie er die Zeiger der Pendeluhr verstellte. Wie immer gab er seinen Code ein, um das Jenseitsportal zu öffnen.

»Umdrehen«, verlangte Harold. »Der Code ist streng geheim.«

»Ja, ja.« Otto gehorchte und rollte heimlich mit den Augen.

Kurz darauf hörte er das Geräusch des Förderbands, das sich bis tief ins Mauerwerk zog. Harold hievte ein Glas nach dem anderen darauf und Otto packte mit an.

In regelmäßigen Abständen stellte er die Gläser mit den rot glühenden Seelen darin auf das Band.

»Sag mal, Harold, glaubst du eigentlich an Wahrsagerei?«, begann Otto schließlich. Immerhin hatte er deshalb auf Harold gewartet. »Denkst du, dass ganz normale Menschen Kontakt mit Geistern aufnehmen können?«

Harold hielt inne und blickte Otto an. »Soll das ein Scherz sein? Du bist doch das beste Beispiel dafür, dass ganz normale Menschen außergewöhnliche Fähigkeiten besitzen können. Warum fragst du?«

Otto schüttelte den Kopf. »Unsere neue Nachbarin Madame Olga behauptet, mit Geistern sprechen zu können. Außerdem benimmt sie sich echt seltsam. Zu Tante Sharon scheint sie neulich richtig nett gewesen zu sein, während sie Emily und mir heute am liebsten an den Hals gesprungen wäre. Auch Fernando hat Angst vor ihr. Er wohnt jetzt im Geräteschuppen und guckt seine Telenovela auf Tante Sharons tragbarem Fernseher.«

Harold lachte auf. »Madame Olga? Noch nie gehört. Vielleicht sollten ihre Geister ihr mal zu einem anderen Künstlernamen raten, haha. Madame Olga klingt ja schauderhaft.«

»Das ist nicht witzig, Harold«, murmelte Otto. »Bestimmt will Madame Olga Tante Sharon bloß das Geld aus der Tasche ziehen. Irgendetwas stimmt mit der Frau nicht, das weiß ich genau.« Er überlegte. »Was ist, wenn

sie wirklich Kontakte ins Jenseits hat? Stell dir vor, sie und Tante Sharon wollen mit Onkel Archibald sprechen! Wenn ich Pech habe, verrät Madame Olga Tante Sharon sogar, dass wir neulich einen Trip ins Jenseits unternommen haben. Das wäre eine Katastrophe, Harold!«

»Ich wusste gleich, dass die Reise ins Jenseits keine gute Idee war, Otto. Aber auf mich hört ja niemand«, brummte der Sensenmann. Otto sah zu, wie Harold die Quittung aus dem Schlitz in der Pendeluhr abriss und seinen verdienten Lohn studierte. »Oh Mann, nicht mal ein klitzekleiner Bonus vom SBI, weil ich heute so fleißig war? Solche Ausbeuter! Ich habe diese unterirdische Bezahlung einfach nur satt. Zum Leben zu wenig, zum Sterben zu viel.« Harold steckte die Quittung ein, dann setzte er sich auf den Fußschemel von Tante Sharons Ohrensessel. »Und du, Otto, mach dir keinen Kopf wegen Madame Olga. Ich verspreche, demnächst mal persönlich dort drüben reinzuschneien, okay? Vielleicht finde ich ja Anhaltspunkte, wenn du vermutest, dass sie irgendetwas im Schilde führt.« Er tätschelte Ottos Schulter mit seiner knochigen Hand. »Und wenn sie noch einmal so unwirsch zu dir ist, erlaube ich mir einen kleinen Spaß. Ich schleiche mich nachts an ihr Bett und erkläre ihr mit Grabesstimme, dass ihre Zeit gekommen sei.«

Otto hielt inne. »Moment mal. Ich dachte, du hast keinen Einfluss darauf, wer lebt und wer stirbt.«

»Hab ich auch nicht.« Harold kicherte böse. »Aber das weiß Madame Olga ja nicht. Dann werden wir sehen, wer zuletzt lacht. Ha! Ich liebe gute Streiche.«

Otto schmunzelte innerlich, während er in seine Hausschuhe schlüpfte, Harold eine gute Nacht wünschte und sich auf den Weg in sein Zimmer unterm Dach machte. Sein Kumpel war schon ein verrückter Vogel. Leuten einfach aus Spaß weiszumachen, dass ihr letztes Stündchen geschlagen hatte – wie makaber! Aber wenigstens konnte sich Otto sicher sein, dass der Sensenmann es nicht zulassen würde, dass etwas hier im Radieschenweg außer Kontrolle geriet.

Was für ein großer Vorteil, dachte Otto während er ins Bett kroch, dass Harold sich unsichtbar machen konnte. So konnte er Madame Olga unbemerkt ausspionieren. Otto durfte nicht vergessen, ihn bald zu fragen, was er dabei herausgefunden hatte. Denn er war sich sicher, dass Madame Olga etwas zu verbergen hatte. Todsicher.

Nachricht aus dem Jenseits

Der Termin für die Séance bei Madame Olga war bereits für den darauffolgenden Freitag festgesetzt und Tante Sharon schien schon den ganzen Tag so aufgeregt zu sein wie noch nie zuvor.

Beim Abendessen hatte sie von nichts anderem als von der großartigen Madame Olga gesprochen – und davon, wie sehr sie sich freute, endlich eine richtige Freundin als Nachbarin zu haben. Ihre Lobeshymnen hatten kein Ende gefunden und Otto war schon so genervt gewesen, dass ihm beinahe der Appetit vergangen war. Und das, obwohl es Pizza gegeben hatte, sein Lieblingsessen.

Für die bevorstehende Séance hatte Ottos Tante eine ellenlange Liste mit Fragen und Botschaften an ihren Ehemann vorbereitet.

»Ich finde, du könntest ebenso als Wahrsager anfangen«, krähte Vincent in Ottos Ohr, als Tante Sharon die benutzten Teller in die Spülmaschine räumte. »Du müsstest dir bloß eine alte Bowlingkugel organisieren und im Garten ein Zelt aufbauen. Sir Tony, Bert und Molly könnten für ordentlich Spuk sorgen, damit die Séance besonders authentisch wirkt.«

Otto winkte müde ab. Das Letzte, was er wollte, war, mit seiner Gabe besondere Aufmerksamkeit zu erregen.

»Stell dir nur mal vor, wie viel Kohle uns das bringen würde«, träumte Vincent weiter. »Millionen. *Milliarden.* Wir könnten auswandern. Wir würden nur die edelsten Klamotten tragen und du könntest die erlesensten Speisen essen, nicht so was Langweiliges wie Pizza. Und ich könnte mir eine eigene Mehlwurm-Farm zulegen.« Er schmatzte laut. »Oh, bitte, Otto. Werde auch Wahrsager. Bitte, bitte, bitte. Ich habe Kontakte. Ich bringe dich ganz groß raus.«

Otto tippte sich an die Stirn. Jetzt war die Fledermaus wohl völlig durchgeknallt.

»Ach, Otto«, ertönte in diesem Moment Tante Sharons Stimme aus der Küche. »Mir ist noch eine Frage an Onkel Archibald eingefallen. Ich habe ihn nie gefragt, welche Uhr aus meiner Sammlung ihm am besten gefällt. Das wäre doch eine ausgezeichnete Frage für die Séance, nicht wahr? Fällt dir noch etwas ein, was du Onkel Archibald fragen möchtest?«

»Tante Sharon, ich habe ihn ja gar nicht gekannt«, flunkerte Otto und kreuzte die Finger hinter seinem Rücken. Hoffentlich fiel Tante Sharon nicht auf, wie seine Stimme zitterte. Denn Otto kannte Onkel Archibald sehr wohl. Erst vor wenigen Wochen hatte er ihn gemeinsam mit Harold, Emily und Vincent im Jenseits besucht und war dort hinter ein unglaubliches Geheimnis gekommen: Onkel Archibald war gar nicht tot, konnte aber aufgrund seines langen Aufenthalts im Jenseits trotzdem nicht in Ottos Welt zurückkehren. Das hatte er Tante Sharon nie erzählt.

Allerdings war sich Otto sicher, dass Tante Sharon immer noch ein klein wenig an Onkel Archibalds Tod zweifelte. Immerhin erhielt sie regelmäßig verschlüsselte Botschaften durch die Pendeluhr, die von ihrem Ehemann stammten. Tante Sharon wusste bloß nicht, dass es sich bei der Pendeluhr um ein Jenseitsportal handelte.

Vielleicht plante sie aber auch, sich mit der Séance endlich Gewissheit zu verschaffen, dass ihr Ehemann tatsächlich tot war. Womöglich gab sie diesen Hintergedanken nicht offen zu. Bei Tante Sharon wusste man nie. Otto hatte überhaupt manchmal das Gefühl, dass sie ihm irgendetwas verschwieg.

Ob sie ihn darauf ansprechen würde, wenn ihr Madame Olga heute während der Séance mitteilte, dass Otto Geister sehen konnte? Oder dass er vor Kurzem im Jenseits gewesen war und mit seinem Onkel gesprochen hatte? Tante Sharon würde dann wissen, dass er sie angelogen hatte … Ottos mulmiges Gefühl wurde immer stärker. Er wusste, dass er seine Tante nicht von ihrem Plan würde abbringen können. Aber vielleicht konnte er sie ja begleiten?

»Tante Sharon, wie wäre es, wenn ich zu der Séance mitkomme?«, fragte Otto betont beiläufig, als seine Tante sich im Flur ihren Mantel anzog. »Ich weiß, es ist bestimmt etwas gruselig, aber ich bin doch schon alt genug. Und interessiere mich auch für alles Übersinnliche, das weißt du doch. Also … was hältst du davon?«

Otto konnte sich zwar Schöneres vorstellen, als noch einmal zu dieser irren Wahrsagerin zu gehen, andererseits war das vielleicht die Chance, herauszufinden, was Madame Olga wirklich konnte und warum sie sich so seltsam verhielt. Wer weiß, vielleicht bekam er ja selbst Gelegenheit, eine Frage an Onkel Archibald zu richten.

Tante Sharon schien einen Moment zu überlegen, dann schüttelte sie den Kopf. »Ich denke nicht, dass das eine gute Idee ist. Danach kannst du bestimmt nicht schlafen.« Sie strich über seinen Kopf. »Aber ich verspreche, dir jede Einzelheit zu erzählen, ja?«

Otto wollte gerade protestieren, aber da hatte sich Tante Sharon bereits ihre Tasche geschnappt und war aus

dem Haus gestürmt. Verärgert starrte er die geschlossene Haustür an. Er und schlaflos wegen ein paar Geisterstimmen? Da irrte sich Tante Sharon aber gründlich.

* * *

An Schlaf war trotzdem nicht zu denken. Bis zu Tante Sharons Rückkehr dauerte es eine gefühlte Ewigkeit. Otto sah ein wenig fern und las einige Kapitel aus einem Buch, das er zu Weihnachten bekommen hatte, aber er konnte sich auf nichts richtig konzentrieren. Erst kurz nach Mitternacht, als Otto gerade aus dem Bad kam, hörte er, wie sich der Schlüssel im Schloss drehte. Ohne zu zögern lief er die Treppe hinunter. Er würde unmöglich bis zum nächsten Morgen warten können, um Tante Sharons Erzählungen zu hören.

»Huch, Otto!« Tante Sharon erschrak beinahe, als sie Ottos Poltern auf der Treppe hörte. »Du solltest längst im Bett sein.«

»Ich weiß.« Otto senkte verlegen den Kopf. »Aber ich wollte unbedingt wissen, wie die Séance verlaufen ist.« Er biss sich auf die Unterlippe. »Hat die Wahrsagerin vielleicht auch etwas über mich gesagt?«

Nachdem er die Frage gestellt hatte, hielt er den Atem an und flehte stumm, dass Madame Olga keines seiner Geheimnisse ausgeplaudert hatte.

»Über dich?« Tante Sharon lachte. »Nein, wir haben kaum über dich gesprochen, Otto. Tut mir leid. Zuerst haben wir stundenlang getratscht, Käsekuchen gegessen, Kirschsaft getrunken und danach mit der Séance begonnen. Es war ganz schön gruselig. Die Duftkerze flackerte und der Lampenschirm über dem Esstisch begann merkwürdig zu schwingen. Und dann hatte Madame Olga im Jenseits tatsächlich meinen Archibald gefunden.«

Otto lauschte gebannt. Hoffentlich würde Tante Sharon noch mehr erzählen.

»Und dann wurde es richtig unheimlich.« Tante Sharon räusperte sich. »Archibald hat wirklich zu mir gesprochen. Er hat mich gefragt, ob ich immer noch Uhren sammle.«

Otto rollte mit den Augen. Madame Olga wusste von Tante Sharons Leidenschaft für Uhren, dafür musste sie keinen Toten befragen. Vielleicht war sie ja doch nichts weiter als eine Hochstaplerin.

»Es geht noch weiter«, fuhr Tante Sharon aufgeregt fort. »Archibald wusste noch, dass ich ihm kurz vor unserer Hochzeit eine besondere Taschenuhr aus meiner Sammlung geschenkt habe. Er möchte, dass ich sie mir wieder zurücknehme, nun da er nicht mehr bei mir sein kann. Er sagte, sie befinde sich im Keller, hinter der Waschmaschine, versteckt hinter einem losen Ziegelstein. Dem dritten von links, auf Augenhöhe.« Sie zögerte. »Und dann meinte er, er finde es außerdem wunderbar, dass ich seine Botschaften lese, die er mir durch die Pendeluhr schickt.«

Otto zuckte zusammen. Es war möglich, dass Madame Olga bezüglich des Verstecks der Taschenuhr im Keller bloß irgendetwas erfunden hatte, aber niemand sonst konnte von den geheimen Botschaften aus der Pendeluhr wissen. Tante Sharon hatte nur Otto davon erzählt.

Wie gebannt starrte er seine Tante an. Was sie erzählte, war einfach unfassbar. Madame Olga hatte zwar keins von Ottos Geheimnissen verraten, aber sie hatte anscheinend wahrhaftig mit Onkel Archibald gesprochen! Oder sie hatte einen verdammt guten Trick …

In diesem Augenblick ging Tante Sharon in die Küche und setzte Teewasser auf. Sie sah plötzlich schrecklich müde aus. Nachdenklich betrachtete sie den Kühlschrank, aus dem Otto leise Berts zufriedenes Schmatzen hören konnte.

»Ach Otto, ich habe eigentlich nie so recht an Übersinnliches geglaubt, aber nach dem Besuch bei Madame Olga denke ich anders. Hast du dich nicht auch schon mal gefragt, ob es in unserem Haus … spukt? Immerhin ist es ein altes Gemäuer mit einer langen Vergangenheit. Madame Olga meinte sogar, dass die Aura des Hauses dunkel und besorgniserregend sei.«

Was für ein Unfug! Am liebsten hätte Otto laut aufgelacht, aber er riss sich zusammen. »Ach, Tante Sharon, gib nicht so viel darauf«, sagte er. »Hier ist es doch nicht gruselig! Ich mag unser Haus.« Im Radieschenweg Nummer acht gab es nun wirklich nichts, wovor man sich ängstigen musste. Noch nicht mal Sir Tonys grottenschlechte Spuk-Attacken. »Du kennst diese Person doch kaum«, fügte er hinzu.

Tante Sharon antwortete nicht, sondern seufzte bloß tief und goss sich ihren Tee auf. Für sie schien das Gespräch beendet zu sein.

Einige Minuten später, als Otto seiner Tante Gute Nacht gewünscht und die Treppe hinauf in sein Zimmer gegangen war, fiel ihm die Lösung ein, um mehr über die Séance und das Gespräch mit Onkel Archibald zu erfahren. Die Schneekugel! Er konnte die Jenseits-Schneekugel verwenden, um selbst mit Onkel Archibald zu sprechen.

Die Schneekugel hatte Otto von Harold zu Weihnachten geschenkt bekommen. Zunächst hatte er sie bloß für eine normale, hübsche Schneekugel gehalten. Erst als Harold ihn gebeten hatte, sie zu schütteln, war ihm aufgefallen, dass das Innere der Kugel plötzlich zum Leben erwacht war.

Genauer gesagt handelte es sich um ein kleines bewaldetes Fleckchen im Jenseits, auf dem sich eine hölzerne Hütte befand. Onkel Archibalds Hütte. Sobald der Schnee in der Kugel fiel und ihre Magie aktivierte, dauerte es nicht lange, bis Onkel Archibald vor die Hütte trat und direkt mit Otto sprach. Mit der Kugel war also eine Art hypermoderne Videotelefonie möglich, wenn auch nur für einige Sekunden, bis sich der Schnee legte. Und das auch noch kostenlos.

Aber jetzt wollte er seinen Onkel lieber nicht mehr wecken. Otto nahm sich vor, morgen gleich als Erstes Emily von der merkwürdigen Séance zu erzählen und nach der Schule gemeinsam mit ihr die Schneekugel zu befragen. Onkel Archibald würde ganz sicher Rat wissen. Immerhin war er ein waschechter Geisterexperte.

Ein Blizzard in der Schneekugel

»Nicht zu fassen.« Emily fehlten die Worte, als Otto und sie am Samstagnachmittag die Treppe hoch in Ottos Zimmer stiegen. »Tante Sharon hat also tatsächlich gestern mit Onkel Archibald gesprochen. Was für ein Glück, dass er uns nicht verpetzt hat. Sonst würde ich genau wie du mächtig in der Tinte stecken.« Sie grinste. »Und übrigens sehr schlau, Otto, dass du gleich an die Schneekugel von Harold gedacht hast. Vielleicht hilft uns das Teil dabei, mehr über Madame Olga und ihre Jenseitskontakte herauszufinden.«

Genau das war nach dem mysteriösen gestrigen Abend auch Ottos Plan gewesen. Den gesamten Vormittag über hatte er an nichts anderes denken können. Er hatte Emily gleich morgens eine SMS geschickt. Sie besuchte samstags immer ihre Oma, die auch im Radieschenweg wohnte, und hatte Otto versprochen, gleich danach bei ihm vorbeizukommen.

»Ich hoffe es.« Otto öffnete die Tür und ließ Emily den Vortritt in sein Zimmer. »Onkel Archibald durch die Kugel zu befragen, ist auf jeden Fall einfacher, als neue Jenseits-Sonnencreme anzumischen und persönlich zu ihm zu reisen. Und außerdem viel ungefährlicher.«

Die Jenseits-Sonnencreme war ein ganz besonderes Mittel, das Onkel Archibald erfunden hatte, um Lebende wie Otto und Emily in schwarz-weiße Gestalten zu verwandeln. Auf diese Weise konnte man sich unbemerkt ins farblose Jenseits einschleusen. Das Problem war jedoch, dass die Creme nach einer gewissen Zeit ihre Wirkung verlor und man im schlimmsten Fall als Lebender Aufsehen erregen konnte.

Nein, keine Frage, sich der magischen Schneekugel zu bedienen, war weitaus weniger riskant.

»Das ist sie.« Vorsichtig legte Otto die schwere Kugel in Emilys Hände.

»Eigentlich ziemlich unspektakulär«, meinte Emily. »Sieht aus wie eine normale Schneekugel. Mit Wald und einer kleinen Hütte darin. Darf ich sie schütteln?«

Otto vergewisserte sich, dass die Zimmertür verschlossen war, dann streckte er den Daumen hoch und nickte Emily zu. Es konnte losgehen. Gespannt kauerten die beiden auf Ottos Zimmerboden und spähten in die Kugel.

Es brauchte nur ein kurzes Schütteln und der Schnee in der Kugel begann, in heftigen Wirbeln um die Hütte zu brausen. Zeitgleich ertönte das Heulen des Windes, während sich die Tannenwipfel in alle Richtungen bogen. Otto glaubte sogar, das Holz der Hütte knarren zu hören.

Etwas erschrocken wich Emily zurück. »Sieht ja beinahe aus wie ein gewaltiger Schneesturm«, sagte sie nachdenklich. »Als würde ein Blizzard unter der Kuppel sein Unwesen treiben.«

Otto nickte. Das war in der Tat ziemlich merkwürdig. Vor lauter Schneegestöber konnte er kaum mehr die Umrisse der Hütte ausmachen, geschweige denn Onkel Archibalds Gestalt, falls der sich bei diesem Wetter überhaupt nach draußen wagte.

»Hallo? Archibald?«, unternahm Emily einen Versuch

und näherte sich der Glaskugel. »Erdenwelt an Jenseits. Kannst du mich hören? Wir sind es, Emily und Otto. Alles Roger in der Geisterwelt?«

»Schscht. Nicht so laut, Em. Tante Sharon saugt zwar gerade Staub, aber wenn du so schreist, hört sie dich trotzdem.«

»Entschuldige.«

Harold hatte ihm erklärt, dass man auch in ganz normalem Abstand zur Kugel mit Onkel Archibald sprechen könne, man müsse nicht schreien, als hielte man ein altersschwaches Walkie-Talkie. Immerhin war Onkel Archibald nicht schwerhörig und die Verbindung normalerweise glasklar.

Doch heute gab es trotz Emilys lautstarker Kontaktaufnahme kein Lebenszeichen von Onkel Archibald. Der einzige Hinweis darauf, dass er sich in der Hütte aufhalten musste, war der Rauch, der aus dem Schornstein aufstieg.

»Vielleicht ist es ihm zu ungemütlich draußen?«, überlegte Emily. »Oder die Schneekugel ist kaputt?«

»Ich tippe auf Letzteres«, mischte sich Vincent ein und schlüpfte durch den offenen Spalt des Eichenschranks in Ottos Zimmer. Er sah etwas zerrupft aus, beinahe so, als hätte er ein kleines Nickerchen gehalten. »Bestimmt hat dir dieser geizige Sensenmann bloß den billigsten Jenseitsplunder geschenkt.« Er lief über den Boden und beäugte den Rand der Kugel. »Vermutlich stammt das Zeug aus Fernost.«

Emily folgte seinem Blick. »Da steht *Hergestellt im Jenseits*. Wie cool ist das denn?«

»Na, und wennschon.« Vincent verschränkte die Flügel. »Das hat nichts zu bedeuten. Ich würde dem Sensenmann seinen kaputten Krempel um die Ohren hauen und auf meine Garantie pochen. Auf Jenseitsprodukte hat man nämlich ein Leben lang Garantie. Obwohl … haha, für die Jenseitsbewohner ist das eigentlich nichts weiter als ein makabrer Scherz.«

Emily kicherte. »Otto lebt ja noch. Vielleicht kann Harold die Kugel umtauschen, falls sie tatsächlich den Geist aufgegeben hat.« Sie hob die Schultern. »Oder wir versuchen es mit der Kontaktaufnahme später noch einmal.«

* * *

Otto und Emily warteten bis zum späten Abend, bevor sie den Fall Madame Olga weiter untersuchen wollten. Es traf sich wunderbar, dass Emilys Eltern für eine besondere Ehrung ihrer Rechtsanwaltskanzlei nach London gefahren waren. Emilys Mum war sogar ganz froh gewesen, als Emily gefragt hatte, ob sie heute Abend in Tante Sharons Villa übernachten könne. Und was den

Platz betraf, so gab es davon bei Tante Sharon genug. Im Haus befanden sich mehrere leer stehende Gästezimmer, jedoch schleppten Otto und Emily meistens ein paar Matratzen in Ottos Zimmer, damit Emily es auf dem Boden bequem hatte.

Heute fiel den beiden das Einschlafen noch schwerer als sonst. Emily und Otto hatten auf dem Fensterbrett Platz genommen und observierten seit geraumer Zeit Madame Olgas Haus mit dem Fernglas.

Natürlich war eine Beobachtung aus der Ferne nicht ganz so effektiv, als sich direkt ins Haus zu schleichen und sie dort auszuspionieren. Doch dazu musste man unsichtbar sein. Aber weder Sir Tony noch Bert oder Molly hatten eingewilligt, ihnen zu helfen.

»Ihr Angsthasen«, hatte Emily Ottos Hausgeistern vorgeworfen und sie durch die Geisterbrille angefunkelt. »Nur weil Madame Olga Geister sehen kann, kann sie euch doch nichts anhaben. Ihr seid schließlich schon tot.«

Doch jedes von Emilys Argumenten stieß auf taube Ohren. Besonders bei Sir Tony.

»W…was ist, wenn sie Alufolie dabeihat?«, hatte er gemeint. Alufolie war sozusagen das Kryptonit der Geister, die einzige Substanz, mit der man ihnen Einhalt gebieten konnte. »Ich bevorzuge es, wenn ich unsichtbar bleiben kann. Außer natürlich bei dir und Emily, das ist schon in Ordnung, euch dulde ich selbst-

verständlich«, hatte er großmütig behauptet. »Und außerdem besitze ich nun mal ein schüchternes Wesen. Na und?«

Schließlich hatten Emily und Otto aufgegeben und stattdessen die Beobachtungsstation am Fenster eingerichtet. Blieb nur zu hoffen, dass Harold sein Versprechen halten würde, Madame Olga genauer unter die Lupe zu nehmen. Denn bis dato hatten die Kinder noch keine großartigen Erkenntnisse erlangt. Von sechs Uhr abends bis neun Uhr abends hatte Madame Olga bei Kerzenschein in einem dicken Buch gelesen. Und gegen neun hatte sie dann den Müll vor die Tür gebracht. Vincent war das Ganze irgendwann zu langweilig geworden und er war auf die Gardinenstange geflattert, wo er träge vor sich hin döste.

»Denkst du, Madame Olga liest noch immer in ihrem Buch?«, überlegte Emily jetzt und ließ sich langsam vom Fensterbrett gleiten. »Sollte sie nicht endlich mal zu Bett gehen? Es ist doch schon fast zehn Uhr –« Emily brach ab und holte tief Luft. »Ach du Schreck! Otto, Vincent, kommt her, das solltet ihr euch ansehen. Aber duckt euch besser!«

Otto runzelte die Stirn, krabbelte neben Emily und spähte vorsichtig aus dem Fenster. Für einen kurzen Moment verschlug es ihm die Sprache. Er brauchte kein Fernglas, um zu erkennen, dass Madame Olga direkt am

Fenster stand, ein Fernglas hielt und die Linsen auf Tante Sharons Haus richtete.

»Die alte Glaskugel-Tante … beobachtet euer Haus«, flüsterte Vincent erschrocken, der auf Ottos Schulter geflattert war. »Denkt ihr etwa, sie hat uns entdeckt?«

»Sicher nicht. Hier bei uns im Zimmer brennt schon seit Stunden kein Licht mehr. Sie kann uns gar nicht sehen.« Otto kniff die Augen zusammen. »Wonach hält sie nur Ausschau?«

Emily zuckte mit den Schultern. »Vielleicht gefällt ihr bloß euer Haus. Weißt du noch, wie begeistert sie von eurer Villa war, als wir ihr neulich die Uhr zurückgebracht haben?«

Otto bezweifelte, dass das der Grund war. Was führte Madame Olga nur im Schilde? Warum verhielt sie sich so merkwürdig? Und warum spionierte sie spät nachts ihre Nachbarn mit dem Fernglas aus?

»Ich will wissen, was diese alte Schreckschraube vor mir und Tante Sharon verheimlicht. Wir müssen unbedingt noch mal versuchen, die Schneekugel zu schütteln. Onkel Archibald weiß bestimmt Rat«, schlug Otto vor und verließ seinen Posten am Fenster. »Vielleicht ist die Verbindung inzwischen besser geworden.«

Emily nickte und ließ Otto diesmal die Kugel selbst schütteln. Doch binnen weniger Sekunden wuchs der Schneefall unter der Kuppel zu einem neuerlichen Wirbelsturm an. Die Baumkronen bogen sich bedrohlich und sogar Äste lösten sich und wirbelten durch die Luft. Armer Onkel Archibald. Hoffentlich hielt seine Hütte diesem Unwetter stand.

»Ich sagte ja, unnützer Krempel«, wiederholte Vincent und stemmte die Flügel in die Hüften. »Es wäre besser, du mischst tatsächlich etwas von der Jenseits-Sonnencreme an und reist direkt zu deinem Onkel. Du könntest mich mitnehmen. Ich hätte dort … etwas Geschäftliches zu erledigen.«

Vincent hatte kaum zu Ende gesprochen, da flog die Tür zu Ottos Zimmer mit einer solchen Wucht auf, dass Otto fast zu Tode erschrak.

Es war Harold.

»Sensenmann!«, japste Vincent atemlos, aber er hatte

sich gleich wieder gefangen. »Pah, früher hat er noch brav angeklopft, aber inzwischen geht er hier ein und aus, wie es ihm gefällt. Otto, du musst das Gerippe besser erziehen.«

»Ich bin fast sechshundert Jahre alt, das hat keinen Sinn mehr, Flugratte«, erklärte Harold und schloss die Tür, deutlich leiser als er sie geöffnet hatte. »Und die Sache mit der Jenseitsreise könnt ihr gleich vergessen. Noch mal mache ich das nicht mit! Nur über meine Leiche!«

Emily und Otto grinsten schwach.

»Und was dich betrifft, Vincent, ich kann mir genau vorstellen, was du geschäftlich im Jenseits zu erledigen hast. Bonbon-Schmuggel. Farbigen Süßkram ins Jenseits zu bringen ist kein Kavaliersdelikt, mein Lieber. Und ich mache mich ganz sicher nicht als dein Komplize mitschuldig, indem ich dich mitnehme.«

Vincent brummte. »Mann, Mann, welche Laus ist dir denn über die Leber gelaufen? War ja nur eine Frage, musst nicht gleich pampig werden.« Trotzig reckte er das Kinn vor. »Wer sagt denn überhaupt, dass ich wieder bunte Bonbons schmuggeln wollte?«

»Nur eine Vorahnung«, murmelte Harold, dann glitt sein Blick zu Otto und Emily. Er nahm neben ihnen auf dem Boden Platz, wobei einige seiner Knochen merkwürdig knacksten. »Oh, ihr habt mein Weihnachtsgeschenk in Verwendung. Wie geht es denn Onkel Archibald?«

»Harold, das Ding funktioniert nicht mehr«, teilte Otto ihm mit und legte die Kugel in Harolds knochige Hände. »Jedes Mal, wenn ich sie schüttle, taucht ein Blizzard auf, der jegliche Verbindung unterbricht. Kann es sein, dass sie kaputt ist?«

»Zweimal verwendet und schon hinüber, dein Qualitätsprodukt«, lästerte Vincent. »Taugt nur noch als Briefbeschwerer.«

Harold inspizierte die Kugel, drehte sie ein paarmal in seinen Händen, dann seufzte er. »An der Frequenz kann es nicht liegen, die ist auf das Jenseits eingestellt. Irgendetwas anderes stört die Verbindung, da bin ich sicher.«

Otto überlegte. »Was könnte das sein?«

Harold kratzte sich an der Stirn. »Oh, es gibt eine ganz lange Liste an Gründen für eine Fehleranfälligkeit des Geräts. Zum Beispiel Beschädigungen der Glaskuppel, entstanden durch Stürze oder durch Wasser. Habt ihr sie vielleicht fallen lassen oder versehentlich ins Klo getunkt?«

»Natürlich nicht«, antwortete Otto pikiert.

»Mir ist das mal mit meinem Seelen-Messenger passiert. Fragt lieber nicht, wie ich ihn wieder aus dem Klo rausbekommen habe. Hm, dann muss es wohl einen anderen Grund geben«, überlegte Harold.

Otto musste unwillkürlich grinsen. Was hatte Harold denn auf dem Klo zu suchen? Bevor er nachhaken konnte, sprach der Sensenmann weiter.

»Mist, ich hätte wohl die Gebrauchsanweisung nicht einfach wegschmeißen sollen. Ich suche mal im Mülleimer danach, vielleicht kann ich das Ding wieder flottkriegen. Wozu braucht ihr sie denn so dringend?«

»Madame Olga hat gestern angeblich mit Onkel Archibald gesprochen«, informierte ihn Emily. »Und wir wollten nun kontrollieren, ob auch Onkel Archibald von einem solchen Gespräch weiß. Vielleicht kennt er Madame Olga sogar und kann uns einen Tipp geben.«

»Ach ja, Madame Olga.« Harold wackelte mit dem Kopf. »Ich war gestern Nacht in ihrem Haus und habe einen kleinen Rundgang gemacht. Madame Olga hat geschlafen, deshalb habe ich mich mal etwas umgesehen.«

»Und das erzählst du uns erst jetzt?« Emily wirkte aufgeregt. »Hast du etwas bemerkt?«

Harold seufzte. »Das Ganze war äußerst merkwürdig. Obwohl die alte Schachtel tief und fest geschlafen hat und ihr Schnarchen sogar bis nach draußen in den Garten zu hören war, kam ich mir seltsamerweise ständig beobachtet vor. Aber das war noch nicht mal das Schrägste an meiner kleinen Spionageaktion. Auf ihrem Schreibtisch beim Fenster habe ich etwas gefunden.«

»Jetzt spuck's schon aus, Harold«, drängte Otto.

Harold griff in die Seitentasche seiner Kutte, förderte einige Fotos zutage und reichte sie Otto. Ottos Mund wurde augenblicklich trocken. Alle davon zeigten Tante

Sharons Haus. Einmal von vorne, einmal seitlich, einmal untertags, einmal nachts. Auch der Garten war immer wieder auf den Fotos zu sehen. Sogar einige Satellitenbilder der Villa waren dabei.

Otto schluckte. »Was … was will diese komische Person nur von uns?« Seine Gedanken fuhren Achterbahn, während er die Fotos an Emily weitergab. »Denkt ihr, sie will uns beklauen? Sucht sie vielleicht schon nach Wegen, um bei uns einzubrechen? Die Sache wird echt immer rätselhafter.«

Emily rappelte sich hoch und lief in Ottos Zimmer auf und ab. »Heute Abend hat sie uns auch wieder ausspioniert. Wir haben sie vorhin dabei ertappt«, teilte sie Harold mit. »Es gibt so viele ungeklärte Fragen, ich weiß gar nicht, wo ich anfangen soll. Mich würde brennend interessieren, was während der Séance gestern wirklich passiert ist. Mist, ich wünschte, ich wäre dabei gewesen!«

Otto kam eine Idee. »Vielleicht sollten wir selbst eine Séance bei Madame Olga buchen«, schlug er vor. »Eine spirituelle Sitzung, nur für uns beide. Dich und mich, Emily.«

»Eine fantastische Idee.« Emily klatschte in die Hände.

Otto schmunzelte. Er hätte seine Hausfledermaus darauf verwettet, dass Emily für seinen Vorschlag Feuer und Flamme sein würde – immerhin war der Plan aufregend und vielleicht sogar gefährlich.

Harold war skeptisch. »Meint ihr wirklich, dass das so klug ist?«

»Na klar, das ist die einzige Möglichkeit«, erwiderte Otto. »Dass wir da nicht schon früher draufgekommen sind!«

Harold schien widersprechen zu wollen, doch da klingelte sein Seelen-Messenger und er warf einen Blick auf das Display. »Zum Henker mit diesem Ding! Hat man denn nie seine Ruhe?«, fluchte er. »Die Leute könnten sich mit dem Sterben ruhig bis morgen früh Zeit lassen …« Er erhob sich und ließ seine Knochen knacken. »Kinder, es hilft nichts, ich muss wieder ran. Macht's gut und seid vorsichtig, ihr Nachwuchs-Agenten.«

Als Harold verschwunden war und Otto und Emily in ihren Betten lagen, dachte Otto noch lange nach. Ja, warum war ihm der Gedanke nicht schon viel früher gekommen? Denn abgesehen von der Wahrheit über Madame Olga konnte er auf diese Weise vielleicht noch etwas anderes herausfinden.

Er würde sein Taschengeld zusammenkratzen und gemeinsam mit Emily eine Séance verlangen. Und dann würde er eine Frage stellen, die ihm selbst eine Menge Angst einjagte und ihn schon viel, viel länger beschäftigte als die Ungereimtheiten über die neue Nachbarin.

Er würde Madame Olga fragen, was mit seinen Eltern geschehen war.

Die Geisterbeschwörung

Emily war so voller Vorfreude auf die bevorstehende Sitzung bei Madame Olga gewesen, dass sie beinahe die ganze Nacht nicht geschlafen hatte. Als Ottos Wecker klingelte und er sich mühsam aus seinem Bett schälte, stellte er fest, dass Emily bereits seit Stunden putzmunter war. Sie hatte sich neben Ottos Bett ein Deckenlager gebaut und, höchst wissenschaftlich, eine ganze Liste mit Unstimmigkeiten über Madame Olgas Person angelegt.

Außerdem hatte sie ihr Portemonnaie geplündert, um die Hälfte für die Séance beisteuern zu können. Inzwischen war es acht Uhr morgens und Emily wippte bereits gewaschen und angekleidet auf Ottos Schreibtischstuhl, bereit loszulegen.

»Schläft deine Tante etwa noch immer?« Emily ließ

den Kopf hängen. »Wir sollten schleunigst bei Madame Olga klingeln, um mit der Séance beginnen zu können. Wollen wir nicht lieber nachher erst frühstücken? Ich habe eigentlich noch gar keinen Hunger.«

»Hm. Ich weiß nicht, ob die Geister in aller Herrgottsfrühe schon so redselig sind«, überlegte Otto.

»Sind sie«, bekräftigte Vincent. »Bert hat mich vorhin zur Schnecke gemacht, bloß weil ich mir ein paar Vorräte aus der Küche stibitzen wollte. Ich glaube, ihr könnt loslegen.«

Otto nickte, ging kurz ins Bad und zog Jeans und seinen Lieblingspullover an. Unten in der Küche schob er sich ein paar Kekse in den Mund und schrieb Tante Sharon eine Notiz, auf der stand, dass er und Emily zu Madame Olga gegangen seien. Von dem Plan, dort eine spirituelle Sitzung zu buchen, erwähnte er lieber nichts.

Als Emily und Otto schließlich bei Madame Olga läuteten, wuchs Ottos Anspannung. Ob sie ihn wieder so schroff und unfreundlich behandeln würde wie neulich, als Emily und er ihr die reparierte Uhr gebracht hatten? Es dauerte keine zwanzig Sekunden, da öffnete sich die Haustür und Madame Olga stand im Morgenmantel vor ihnen. Als sie Otto sah, erhellten sich ihre Gesichtszüge.

»Oh, Sharons Neffe, Otto, nicht wahr? Wie schön, dass du mich besuchst.« Ihre sumpfgrünen Augen guckten nun Emily an. »Und du bist Emily, nicht wahr?«

Otto betrachtete Madame Olga nachdenklich. Was war denn hier los? Diese Person schien ja, im Vergleich zu der nach Schwefel stinkenden Madame Olga ihrer ersten Begegnung, geradezu überschwänglich freundlich. Und was war plötzlich mit ihrer Augenfarbe los? Neulich hatten ihre Augen doch bernsteinfarben geglüht, nun hatten sie ein unauffälliges Dunkelgrün. Otto überlegte, ob Madame Olga vielleicht bunte Kontaktlinsen trug, um bei den spirituellen Sitzungen eindrucksvoller zu wirken. Oder hatte er sich die Sache mit ihrem glühenden Blick nur eingebildet?

»Wollt ihr nicht hereinkommen?«, bot sie freundlich an und führte Emily und Otto in ihr Haus. »Habt ihr schon etwas gefrühstückt? Ihr seht hungrig aus. Ich habe frisches Brot gebacken. Ich könnt auch gerne etwas für Ottos Tante mitnehmen.«

»Erstaunlich«, zischte Emily Otto zu. »Sie ist nicht wiederzuerkennen.«

»Das finde ich auch.«

»Leider haben wir keine Zeit zum Essen«, erklärte Emily, als sie die kleine vollgestopfte Küche betraten, wo ein Teekessel vor sich hinpfiff. »Wir wollten Sie bitten, mit uns eine Séance durchzuführen.«

Madame Olga, die gerade den Tee aufgießen wollte, hielt inne und blickte Otto und Emily an. »Eine Séance? Schon so früh am Morgen?« Sie wirkte irritiert.

Ottos Mut sank. »Soll das heißen, es klappt nicht?«

Madame Olga schien nachzudenken. »Doch, doch. Es ist hier nur etwas zu hell, selbst wenn ich die Vorhänge zuziehen würde.« Sie sah sich um, dann fiel ihr Blick auf einen steilen Treppenabgang im Flur. Die Stufen führten geradewegs in die Dunkelheit. »Ich hab's. Wir werden die Sitzung einfach in den Keller verlegen.«

* * *

Madame Olga hatte Otto und Emily in einen fensterlosen, staubigen Kellerraum geführt. Otto war noch nie zuvor in Mr Olsens Keller gewesen, auch wenn Tante Sharon und er vor dem Tod ihres alten Nachbarn schon ein paarmal in dessen Haus zu Besuch gewesen waren. Die Kellerräume bereiteten ihm Unbehagen. Wenn nicht ein schmaler Lichtstrahl vom Obergeschoss nach unten gefallen wäre, hätte Otto seine eigene Hand vor Augen nicht sehen können. Außerdem lag hier wieder dieser unverkennbare, merkwürdige Geruch nach Schießpulver in der Luft. Kein sehr gemütlicher Ort.

Während Madame Olga nach oben gegangen war, um ihre Kristallkugel zu holen, setzte Emily sich die Brille auf. »Damit ich die Geister sehen kann, wenn Madame Olga sie ruft«, verkündete sie augenzwinkernd.

Zum Glück stellte Madame Olga keine Fragen wegen des seltsamen und wenig schmeichelhaften Brillengestells auf Emilys Nase. Es schien ihr nicht einmal aufzufallen.

»Und nun sagt schon, Kinder«, begann die Wahrsagerin gespannt. »Nach wem soll ich im Jenseits für euch fragen? Mit wem wollt ihr sprechen?«

Emily warf Otto einen Blick zu. »Ähm, das wissen wir noch gar nicht so genau, stimmt's, Otto? Ich denke, wir wollen mit Onkel Archibald sprechen, oder?«

»Ich habe es mir anders überlegt, Emily.« Otto holte tief Luft. »Ich würde gerne mit meinen Eltern sprechen. Sie heißen Robert und Karen und sie sind nun seit etwas mehr als zwei Jahren nicht mehr hier.«

Otto sagte absichtlich nicht »tot«. Immerhin hatte er noch die Hoffnung, dass seine Eltern bei dem Wirbelsturm nicht gestorben waren, sondern sich noch irgendwo in Mexiko aufhielten. Auch während seines Besuchs im Jenseits hatte er keinen Hinweis auf seine Eltern entdeckt. Es konnte also sein, dass sie noch lebten – nur, warum kamen sie dann nicht zu ihm zurück?

»Mit deinen Eltern?« Emily warf Otto einen überraschten Blick zu. Vor Aufregung fiel ihr beinahe die Brille von der Nase. »Warum hast du mir nichts davon gesagt?«

»Du hättest es mir bestimmt ausreden wollen«, antwortete Otto zerknirscht.

»Kann schon sein.« Emily nagte an ihrer Unterlippe.

»Bist du dir sicher, dass du das möchtest? Ein Gespräch mit deinen Eltern? Was ist, wenn dir das, was dabei herauskommt, nicht gefällt?«

Ganz sicher war Otto sich nicht. Wenn Madame Olga ihm sagte, dass sich seine Eltern im Jenseits aufhielten, wären all seine Hoffnungen umsonst gewesen. Ein trauriger Gedanke. Er nahm sich fest vor, die Fassung zu bewahren, egal, was geschehen oder wie schmerzhaft das Ergebnis sein würde.

Inzwischen hatte Madame Olga ihre Augen geschlossen und wippte mit dem Kopf hin und her. Ehe Otto sichs versah, spürte er eine kalte Brise um seine Schultern. In seiner Magengegend breitete sich ein merkwürdiges Gefühl aus. Er konnte nicht genau sagen, warum, aber er war sich auf einmal sicher, dass sie Gesellschaft bekommen hatten.

Otto blinzelte. Leider war es zu dunkel, um viel zu erkennen. Doch als sein Blick auf Madame Olga fiel, entdeckte er plötzlich einen dunklen Schatten, der sich hinter ihrem Rücken zu einer nebelartigen Wolke verfestigt hatte. Vor der Séance war dieses seltsame Etwas definitiv noch nicht da gewesen.

Otto schluckte schwer. Wer oder was war das? Etwa ein Geist? Doch warum hatte Otto dann das Gefühl, dass von dem Wesen hinter Madame Olgas Rücken große Gefahr ausging?

Emily stieß Otto in die Rippen. »Madame Olga riecht wieder ganz stark nach Schwefel, so wie an dem Tag, als wir sie kennengelernt haben«, flüsterte sie leise.

Otto nickte. An diesem Tag hatten ihre Augen auch bernsteinfarben geglüht.

»Hast du vielleicht ein Foto dabei?«, verlangte Madame Olga jetzt, die Augen immer noch fest geschlossen. »Oder einen Gegenstand, den du mit deinen Eltern verbindest?«

Otto nickte und nahm seinen Talisman vom Hals. Vor Jahren hatte sein Vater ihm einen kleinen Knochen geschenkt, der angeblich von einem Dinosaurier stammte und den Otto seitdem stets an einem Lederband um den Hals trug. Er reichte ihn Madame Olga, die ihn direkt neben der Glaskugel platzierte.

»Deine Eltern wollen sich mir nicht zeigen«, murmelte Madame Olga schließlich, nachdem sie über Minuten angestrengt die Stirn gerunzelt hatte. »Sie halten sich nicht mehr in unserer Welt auf, weder als Menschen noch als Geister, so viel ist gewiss.

Aber seltsamerweise will mir das Jenseits keine Informationen über sie preisgeben. Merkwürdig. Einen solchen Fall hatte ich noch nie. Es ist, als befänden sie sich weder in dieser noch in der anderen Welt.«

Otto hielt die Luft an.

»Was soll das bedeuten?«, erkundigte sich Emily.

»Ich weiß es nicht. Irgendwoher empfange ich ihre Schwingungen, nur kann ich sie nicht orten. An der Jenseitsverbindung kann es nicht liegen, die ist glasklar.« Madame Olga hielt inne, dann ging plötzlich ein Ruck durch ihren Körper. »Aber hier ist jemand anderes, der dringend mit dir sprechen möchte, Otto. Dein Onkel Archibald.« Madame Olga zappelte. »Er hat sich irgendwie in meinen Verbindungskanal gedrängt.«

Otto wagte nicht, sich zu bewegen. Er hielt es kaum aus vor lauter Spannung.

»Soll ich versuchen, ihn loszuwerden?«, fragte Madame Olga.

»Nein, nein, auf keinen Fall«, wehrte Otto ab. »Bitte fragen Sie ihn, was er mir sagen möchte.«

»Okay.« Madame Olga presste die Lippen aufeinander. »Onkel Archibald fragt, ob Tante Sharon die Taschenuhr im Keller zwischen den Zielgesteinen gefunden hat. Ich nehme an, er bezieht sich auf die gestrige Séance.«

»Ich weiß es nicht. Ich habe sie noch nicht danach gefragt.«

»Er spricht noch weiter. Er meint, er habe versucht, mit dir selbst Kontakt aufzunehmen, Otto, aber das habe nicht geklappt.« Madame Olga hielt inne. »Na ja, vermutlich, weil du kein Medium bist, so wie ich«, fügte sie hinzu.

Otto schluckte. Onkel Archibald musste sich auf die Schneekugel beziehen, die nicht mehr funktionierte. Das bedeutete, dass der Blizzard die Kommunikation auf beiden Seiten unmöglich machte.

»Archibald spricht außerdem von einem anderen Gegenstand, den er eigentlich schon zu Lebzeiten für Tante Sharon bestimmt hatte. Von einem wertvollen Edelstein.« Nun riss Madame Olga ihre Augen auf. Sie glühten Otto bernsteinfarben an, dabei stieg ihm eine neuerliche Schwefelwolke in die Nase. »Weißt du davon, Junge?«

Ottos Gedanken überschlugen sich. Onkel Archibald wollte Tante Sharon eigentlich ein anderes Geschenk überbringen? Einen Edelstein? Es war ihm neu, dass Onkel Archibald wertvolle Gegenstände besessen hatte. Über die Jahre hatte er zwar ein beträchtliches Vermögen angehäuft, aber selbst nie viel Geld ausgegeben. Hauptsächlich hatte ihn die Geisterforschung interessiert und nicht das Sammeln von Wertsachen.

»Wo befindet sich dieser Edelstein?«, hakte Otto nach.

»Vergraben im Garten«, zischte Madame Olga.

»Wo genau?«, mischte sich Emily ein.

»Das weiß Archibald nicht mehr genau.« Madame Olga runzelte die Stirn. »Doch er möchte dich warnen. Du sollst keinesfalls danach suchen. Wenn du durch Zufall einen violett schimmernden Stein findest oder Tante Sharon ihn im Frühling bei der Gartenarbeit aushebt, lasst ihn, wo er ist.«

Otto stutzte. Das ergab keinen Sinn. Warum hatte Onkel Archibald Tante Sharon einen Edelstein schenken wollen, den er anschließend im Garten vergraben hatte? Und vor allem: Warum sollte Otto ihn nicht aufspüren?

»Oh, eine Schatzsuche«, mischte sich Emily ein und drückte begeistert Ottos Hand. »Archibald, sag uns doch, wo sich der Edelstein befindet. Hast du vielleicht irgendwo eine Karte versteckt? Das wäre ein phänomenaler Spaß.«

»Es ist keine Schatzsuche«, wiederholte Madame Olga mit Nachdruck. »Sondern eine Warnung. Dein Onkel hat während seiner Forschungen herausgefunden, dass der Stein nicht nur wertvoll ist, sondern eine besondere Wirkung ausübt. Auf Geister. Bei dem Edelstein handelt es sich um eine Art … Geistermagneten. Er muss *unter allen Umständen* verborgen bleiben. Du sollst Archibald versprechen, dass du dafür sorgst.«

Emily und Otto warfen einander verwirrte Blicke zu. Die Geistersitzung übertraf ja wirklich alle Erwartungen. Erst diese kryptische Information, was den Aufenthaltsort seiner Eltern anging, und dann mischte sich auch

noch Onkel Archibald ins Gespräch ein und warnte Otto von einem merkwürdigen Edelstein, den er irgendwo auf Tante Sharons Grundstück vergraben hatte. Otto hatte das Gefühl, dass die Rätsel in seinem Leben langsam überhandnahmen.

»Was meinst du mit ›Geistermagnet‹, Archibald?«, erkundigte sich Emily.

»Archibald weiß es selbst nicht so genau«, antwortete Madame Olga. »Aber bei den durch den Stein angelockten Geistern handelt sich nicht etwa um gewöhnliche Geister, sondern um … eine besondere Spezies.«

»Eine besondere Spezies?«, rief Otto, aber Madame Olga schien ihm nicht mehr antworten zu wollen. Stattdessen verkündete sie, ihre Verbindung zum Jenseits werde immer schwächer und sie sei nun am Ende ihrer Kräfte. Otto konnte spüren, wie die Kälte im Raum langsam verschwand und seine Gänsehaut wich. Auch der dichte schwarze Nebel hinter Madame Olgas Rücken schien sich wieder zu legen.

Die Sitzung war offiziell zu Ende.

So ein Mist! Otto fluchte innerlich, während er sein Portemonnaie plünderte und Madame Olga für die Sitzung bezahlte. Warum musste denn ausgerechnet im spannendsten Moment damit Schluss sein? Es gab noch so viele ungeklärte Fragen: Was war das nur für ein violetter Edelstein? Und welche besondere Geisterspezies

wurde durch den Stein angelockt? Soweit Otto wusste, gab es nur zwei Gruppen von Verstorbenen: Zum einen die Seelen, die der Sensenmann nicht rechtzeitig bis zum nächsten Vollmond ins Gurkenglas gesteckt hatte und die nun zu einem Dasein als Geister verdammt waren. Und zum anderen Seelen, die fristgerecht im Jenseits abgeliefert worden waren und dort nun ähnlich wie die Menschen im Diesseits lebten, nur in Schwarz-Weiß. Blieb die Frage, auf welche weitere Spezies sich Onkel Archibald bezog. Es war nicht so unwahrscheinlich, dass er als Geisterforscher weit mehr über Geister wusste als Otto. Nur leider konnte Otto ihn nicht einfach fragen.

Seine einzige Hoffnung war Harold. Nach über fünfhundert Jahren als Sensenmann musste er sich doch mit Geistern aller Art bestens auskennen. Bestimmt konnte er Licht ins Dunkel bringen.

Ein nächtlicher Zwischenfall

So verrückt der Sonntagmorgen mit der Séance begonnen hatte, so ungewöhnlich ging es weiter. Als Otto und Emily in die Villa zurückgekommen waren, hatte Ottos Tante bereits ein üppiges englisches Frühstück mit Toast, Würstchen und Spiegeleiern vorbereitet. Otto war froh darüber, dass sie keine blöden Fragen gestellt hatte, weil er und Emily sich noch vor dem Frühstück aus dem Haus geschlichen und bei Madame Olga angeklopft hatten. Ganz im Gegenteil – es schien sie zu freuen, dass sich ihr Neffe auch endlich mit der Wahrsagerin angefreundet und ihr einen Sonntagsbesuch abgestattet hatte.

»Ich kenne Madame Olga erst seit Kurzem, aber sie ist inzwischen meine beste Freundin geworden«, schwärmte Tante Sharon und biss genüsslich in eine Scheibe Toast.

»Ich kenne keinen anderen Menschen, der so faszinierend ist wie sie. Und das Beste kommt erst noch, das habe ich euch beiden noch gar nicht gesagt.« Tante Sharon zog einen kleinen glänzenden Gegenstand aus ihrer Jeanstasche. »Seht mal, was ich nach dem Besuch bei Madame Olga im Keller gefunden habe.«

Otto stellte seinen Kakao ab und sah genauer hin. Bei dem silbernen Ding in Tante Sharons Hand handelte es sich um eine antike Taschenuhr.

»Onkel Archibalds Geschenk«, murmelte Ottos Tante andächtig. »Ich habe sie hinter dem losen Ziegelstein in der Waschküche entdeckt, genau wie Madame Olga es mir beschrieben hatte. Das ist der eindeutige Beweis. Madame Olga kann wirklich mit Geistern sprechen.«

Dessen war sich Otto inzwischen auch sicher.

»Ich kann es gar nicht erwarten, noch einmal mit Archibald Kontakt aufzunehmen«, schwärmte Tante Sharon weiter und drückte die Taschenuhr verliebt an ihre Brust. »Es gibt noch so viel, was ich ihn fragen möchte. Es fühlt sich beinahe so an, als wäre mein Archibald zu mir zurückgekehrt.«

Otto hörte Emily laut seufzen. Vermutlich dachte seine beste Freundin gerade dasselbe wie er. Arme Tante Sharon. Wenn es doch nur tatsächlich einen Weg gäbe, ihren Ehemann aus dem Jenseits zurückzuholen. Oder ihr zumindest davon zu erzählen, dass Otto ihn erst vor wenigen Wochen persönlich getroffen hatte und wusste, dass es ihm gut ging.

Den ganzen restlichen Tag dachte Otto angestrengt über das tragische Schicksal von Tante Sharon und Onkel Archibald nach. Und mindestens ebenso lange darüber, was es zu bedeuten hatte, dass Madame Olga seine Eltern nicht finden konnte. Otto musste der Sache nachgehen, aber eins nach dem anderen. Zuallererst musste er das Rätsel um Madame Olga lösen.

Sogar abends im Bett ließen ihm seine Gedanken keine Ruhe, obwohl er sich vorgenommen hatte, zur Abwechslung mal früh einzuschlafen, um in der Schule fit zu sein. Er hatte die Schneekugel direkt neben sein Bett gestellt und versuchte beinahe im Minutentakt, Kontakt zu Onkel Archibald herzustellen. Ohne Erfolg.

»Jetzt lass es doch endlich mal gut sein mit der dämlichen Schneekugel«, beschwerte sich Vincent, der kopfüber vom Lampenschirm baumelte, beide Flügel um den pelzigen Körper geschlungen. »Mach das Licht aus, schlaf ein und sei dabei möglichst ruhig. Ich will ausgeschlafen sein, wenn ich dich morgen in die Schule begleite. In den ersten beiden Stunden haben die Mädchen aus der sechsten Klasse Sportunterricht und ich plane, mich in der Umkleide zu verstecken. Haha, das wird ein Spaß. Bestimmt kreischen sie so laut, dass die Polizei anrückt.«

»Du bleibst schön hier«, drohte ihm Otto. »Morgen

früh schreiben wir eine Englischarbeit und ich kann nicht einfach aus dem Klassenzimmer rennen, um dich in der Turnhalle wieder einzusammeln. Die Sportlehrerin der sechsten Klasse, Mrs Hawthorne, war früher Ringerin und zerquetscht dich mit ihren bloßen Händen, wenn sie dich findet.«

»Dazu muss sie mich aber erst mal schnappen«, kicherte Vincent, gefolgt von einem herzhaften Gähnen. »Das wird ein Nervenkitzel, bestimmt schaffe ich es mit der Aktion auf die Titelseite der Schülerzeitung. Ich sehe schon die Schlagzeile vor mir: *Umwerfend gut aussehende, schlaue und extrem flinke Fledermaus sorgt für Aufsehen* …« Vincent brach ab. »Ach herrje, was ist denn das für ein Krach da unten auf der Straße? Das tut mir ja in den Ohren weh.«

Jetzt hörte Otto es auch. Ein knatterndes Röhren schien sich zu nähern. »Das ist bestimmt Harold!«, rief er.

»Kann sich dieser dumme Sensenmann nicht mal einen neuen Auspuff zulegen?«, motzte Vincent.

»Sei still.« Otto schlug die Decke zur Seite und stürmte zum Fenster. »Der kommt gerade zur rechten Zeit. Ich wollte ihm schon die ganze Zeit von der Sitzung bei Madame Olga und diesem angeblichen Geistermagneten erzählen. Los, Vincent, wir laufen ihm entgegen.«

»Otto, ich bin müde. M-Ü-D-E. Ich brauche meinen Schönheitsschlaf zur Regeneration meiner Zellen. Und bei dreihundertsechsundzwanzig Jahren benötige ich eine ganze Menge Schlaf.«

»Schlafen kannst du später, versprochen.« Etwas unsanft pflückte Otto sein Haustier vom Lampenschirm und steckte es in die Brusttasche seines Pyjamas. »Das hier ist dringender als dein Schönheitsschlaf.«

Doch Otto und Vincent kamen nicht weit. Gerade als Otto die Zimmertür öffnen wollte, betrat auch schon Harold den Raum.

»Guten Abend allerseits.« Höflich nahm der Sensenmann die Kapuze ab und nickte den beiden zu. »Otto. Flugratte. Ich bin hier, um die Schneekugel abzuholen und in die Reparatur zu bringen.« Dabei holte Harold eine Zeitung aus der Tasche. »Seht mal, auf diese Anzeige bin ich heute im *Todesboten* gestoßen. Moment, ich lese es euch vor: *Günstige Reparatur kaputter Jenseits-Technik. Wir stellen alles wieder her – abgesehen von Ihrem Leben. Express-Reparatur möglich. Damit es keine Ewigkeit dauert.*

»Klingt gut.« Otto reichte ihm die Schneekugel.

»Danke.« Harold steckte sie in seine Umhängetasche. »Und nun lass ich dich auch schon schlafen, Otto. Du solltest morgen früh pünktlich aus den Federn –«

»Halt!« Otto hielt ihn an der Kutte fest. »Vorher muss ich dich noch etwas fragen. Etwas Wichtiges. Über Geister.«

Harold lachte auf. »Über Geister? Otto, du bist doch selbst der Experte. Du weißt doch schon alles.«

»Das dachte ich auch.« Nervös lief Otto die Breitseite seines Zimmers auf und ab und fuhr sich dabei durchs Haar. »Meine Hausgeister kenne ich in- und auswendig. Aber heute bei Madame Olga war plötzlich von einer *anderen* Geisterspezies die Rede. Ich habe lange darüber nachgedacht. Was könnte denn damit gemeint sein?«

Harold seufzte, zögerte einen Moment, dann ließ er sich in den Schaukelstuhl fallen, der im Eck stand. »Ich glaube, ich kann mir vorstellen, was Madame Olga damit gemeint hat.« Er wackelte mit dem Schädel. »Auch wenn ich es nicht sehr clever finde, dich darüber in Kenntnis zu setzen. Andererseits könnte das Wissen dich sogar beschützen, falls tatsächlich Gefahr droht.«

Otto blieb stehen. »Hä? Harold, ich verstehe nur Bahnhof. Mach es doch nicht so spannend.«

»Na fein.« Harold seufzte. »Kannst du dich noch daran erinnern, als wir uns zum ersten Mal begegnet sind? Im Salon?«

»Na klar. Wie könnte ich das vergessen?« Otto grinste.

»Oh ja. Wie könnten wir das nur jemals vergessen?«, echote Vincent ironisch und verdrehte die Augen.

»Klappe, Blutsauger!« Harold wandte sich wieder Otto zu. »Ich habe dir doch erzählt, dass ich in den Gurkengläsern bloß die harmlosen Fälle ins Jenseits befördere.

Also niemanden, der zeit seines Lebens etwas ausgefressen hat.«

Otto nickte ernst.

»Bei der anderen Gruppe ist Vorsicht geboten. Während der Jagd nach solchen *gefährlichen* Seelen kann es schon sein, dass ein Sensenmann Schwerstarbeit leisten muss. Bei Jack the Ripper zum Beispiel waren ganze zwanzig Sensenmänner am Werk, um den Kerl in ein Gurkenglas zu packen. Das war eine wilde Jagd durch ganz London.«

»Wow.«

»Und wenn die Sensenmänner versagen, entsteht natürlich auch in diesem Fall ein Geisterwesen. Doch meistens sind jene Geister dann Menschen gegenüber nicht so freundlich gesinnt wie Sir Tony, Bert und Molly. Wobei sich Sir Tony an manchen Tagen auch nicht gerade zuvorkommend verhält. Aber glaub mir, das ist nichts gegen einen echten *Poltergeist*.«

»Einen … einen Poltergeist?« Ottos Stimme zitterte.

Harold nickte ernst. »Deswegen gibt es für solche Fälle auch eine Spezialeinheit des SBI, die auf das Einfangen von, na ja, sagen wir mal, Problemseelen geschult ist. Es handelt sich dabei um eine Geheimtruppe. Ähnlich wie in deiner Welt der Secret Service.«

»Abgefahren.« Das klang ja cooler als ein James-Bond-Film.

»Na ja, so abgefahren sind die Typen auch wieder nicht. Eher arrogante Schnösel«, winkte Harold ab. »Denken, sie seien etwas Besonderes, drängeln sich permanent in der Kantine vor und bekommen dann auch noch die doppelte Ration von der Nachspeise ab. Und wenn es danach kein Essen mehr gibt, sind natürlich wir stinknormalen Sensenmänner die Dummen. Ich weiß, eigentlich könnte mir das Kantinenessen egal sein, da ich ja keine Geschmacksnerven mehr besitze, aber bei dieser Sache geht es mir ums Prinzip. Aber, ach, ich schweife ab. Was wollte ich eigentlich sagen? Ach ja, also, bei den Typen handelt es sich um die Meister aller Geister.«

»Die … die *Meister aller Geister*?«, wiederholte Otto.

»Klingt ganz schön eingebildet, nicht wahr?« Harold wackelte mit dem Kopf. »Und alles bloß, weil sie in den Genuss irgendeiner überflüssigen Sonderausbildung gekommen sind. Die Typen bekommen sogar Urlaub. Bezahlten Urlaub! Zwar nur alle hundert Jahre, aber trotzdem. Ich finde, man sollte die Meister aller Geister abschaffen. Das führt nur zu Rivalitäten innerhalb des SBI. Aber auf mich hört ja niemand.«

»Krass«, murmelte Otto.

»Egal. Alles, was ich dir sagen will, ist, dass du dich besser vor Poltergeistern in Acht nehmen solltest. Optisch sind sie oft nicht von normalen Geistern zu unterscheiden, aber sie besitzen andere Fähigkeiten. Beispielsweise

Telepathie oder besondere Schnelligkeit. Sie können Wirbelstürme auslösen. Starke Poltergeister sind sogar dazu fähig, von Menschen Besitz zu ergreifen. Aber die Sache hat auch etwas Gutes: Poltergeister können jederzeit eingefangen und ins Jenseits gebracht werden, nicht nur bis zum nächsten Vollmond. Deshalb gibt es auch so wenige davon.« Harold überlegte und kratzte sich am Schädel. »Eigentlich macht unsere Spezialtruppe einen ganz guten Job. Egal, ich hasse sie trotzdem.«

Fasziniert starrte Otto Harold an und brauchte eine Weile, um die Informationen zu verdauen. Im nächsten Moment ertönte vor seiner Zimmertür ein lautes Knarren und riss ihn aus seinen Gedanken. Es klang beinahe so, als würde jemand die Treppe emporsteigen.

»Ähm, Otto … Ich glaube, wir bekommen Gesellschaft«, verkündete jetzt auch Vincent und deutete alarmiert auf Ottos geschlossene Zimmertür.

Otto fuhr herum. Tante Sharon schlief doch bereits und die Geister sorgten für gewöhnlich nicht für knarrende Treppen. Wer kam ihn denn um diese Uhrzeit besuchen? Es war bereits nach Mitternacht.

»Besuch?« Harold sprang aus dem Schaukelstuhl auf.

»Das kann nur Tante Sharon sein«, flüsterte Otto.

»Mist, ich bin im Sichtbar-Modus«, fluchte Harold nervös. »Wo zum Geier ist meine Sense?«

»Weiß ich doch nicht.« Vincent sah sich um. »Hier ist sie jedenfalls nicht.«

Harold klopfte sich auf die Stirn. »Oje! Die liegt in meinem Wagen.«

Ach du grüne Neune! Harold konnte sich nur mithilfe der Sense unsichtbar machen.

Das Knarren war jetzt direkt vor Ottos Zimmertür zu hören. Wie in Zeitlupe sah Otto, wie sich die Klinke seiner Zimmertür langsam senkte und Tante Sharon den Raum betrat.

Otto hielt die Luft an und warf einen schnellen Blick hinter sich. Harold hatte sich notgedrungen hinter dem Vorhang versteckt. Nur die bunten Sneakers ragten hervor. Herrje, hoffentlich sah Tante Sharon nicht so genau hin.

Otto machte einen Schritt auf seine Tante zu. In diesem Moment bemerkte er, dass irgendetwas nicht stimmte. Wie eine Geistererscheinung stand sie in der Tür, mit geschlossenen Augen und ausgebreiteten Armen, während das Mondlicht durch das Fenster auf ihr langes weißes Nachthemd schien.

Richtig gruselig sah das aus.

»Aaaaah!«, schrie Vincent und schlüpfte hinter einen Stapel Bücher. »Otto, sieh doch mal. Deine Tante hat … hat … sich in einen Zombie verwandelt.«

»Schscht, Vincent«, flüsterte Otto seinem Haustier zu.

»Red doch keinen Blödsinn.« Er ging zu ihr und nahm sie an der Hand. »Tante Sharon – ist alles in Ordnung?«

»Otto. Du musst zur Schule«, antwortete sie wie in Trance.

»Quatsch, es ist doch mitten in der Nacht.« Er betrachtete seine Tante besorgt. »Tante Sharon, schlafwandelst du etwa?«

Sie antwortete nicht. Was war denn nur mit ihr los? Sie hatte noch nie geschlafwandelt. Sollte er seine Tante wecken? Allerdings war es gefährlich, eine schlafwandelnde Person zu wecken, das hatte Otto mal irgendwo gelesen. Sie könnte sich orientierungslos fühlen und sogar einen Schock erleiden.

Und wie groß wäre ihr Schock wohl erst, wenn sie aufwachen und einen leibhaftigen Sensenmann vor ihrer Nase entdecken würde?

Besser, er brachte sie zurück in ihr Schlafzimmer.

»Bin gleich wieder da«, wisperte er Vincent und Harold zu, nahm seine Tante behutsam am Arm und führte sie aus dem Zimmer.

»Oh, Archibald, danke«, brabbelte Tante Sharon, als

sie sich schließlich ins Bett legte. »Schön, dass du wieder da bist. Das Haus ist so groß und gruselig ohne dich.«

»Ähm, Tante Sharon, ich bin es doch, Otto«, flüsterte Otto, als sich seine Tante in die Decke kuschelte, aber sie schien ihn nicht zu hören. Einen Moment später ertönte ein tiefes Schnarchen und Otto schlich sich leise wieder aus dem Zimmer.

Als er schließlich nach einer gefühlten Ewigkeit ins Dachgeschoss zurückkehrte, fehlte von Harold jede Spur.

»Hey, Harold, ich bin wieder zurück. Tut mir leid, dass es so lange gedauert hat«, flüsterte Otto und sah hinter dem Vorhang nach, wo sich Harold vorhin versteckt hatte. Als er aus dem Fenster blickte, parkte der weiße Transporter nicht mehr vor Tante Sharons Gartenzaun.

Wahrscheinlich hatte Harold einen neuen Auftrag auf seinem Seelen-Messenger erhalten und weitergemusst. So ein Mist! Dabei hatte Otto noch so viele Fragen gehabt. Auch Vincent war bereits eingeschlafen und baumelte schnarchend vom Lampenschirm.

Was für ein chaotischer Abend. Es sah ganz so aus, als müsste Otto sich seine Fragen bis zum nächsten Treffen mit Harold aufheben.

Poltergeist-Invasion

Am nächsten Schultag kam Otto erst nach der letzten Unterrichtsstunde dazu, Emily von Harolds Besuch gestern Abend und Tante Sharons Schlafwandeln zu erzählen. Den ganzen Morgen hatte er unter Strom gestanden und darauf gebrannt, Emily jedes Detail über die Poltergeister und diesen vergrabenen Edelstein, der sie angeblich anlockte, zu berichten. Doch leider hatte Mr Walker ausgerechnet heute einen Biologie-Projekttag geplant und Otto und Emily in zwei verschiedene Arbeitsgruppen gesteckt – Otto hätte schwören können, dass das Absicht gewesen war. Emily musste im Labor einen geschlagenen Vormittag lang über sauren Regen recherchieren, während Ottos Gruppe Mr Walker dabei helfen musste, einen Waldlehrpfad anzulegen.

Inzwischen war Otto müde, halb am Verhungern und

außerdem bis zu den Knien mit Erde verdreckt, als er Emily bei den Fahrradständern traf. Sie hörte seinen Erzählungen aufmerksam zu, machte sich immer wieder Notizen und kam anschließend zu dem Schluss, dass Onkel Archibalds Befürchtungen durchaus Sinn ergaben – denn wenn die Poltergeister tatsächlich mächtiger als normale Geister waren oder besondere Fähigkeiten besaßen, konnte es doch sein, dass der vergrabene Edelstein sie nicht grundlos anlockte. Vielleicht verlieh er den Poltergeistern magische Kräfte und versorgte sie mit Energie? Ja, so musste es sein! Emily war überzeugt: Bei dem Edelstein handelte es sich um eine Art Powerakku für Geister.

Egal, ob ihre Theorie stimmte oder nicht – Möglichkeiten, welche Rolle der Stein spielte, gab es jedenfalls genug. Und falls er Poltergeistern tatsächlich Kräfte verlieh, wäre es in der Tat besser, er bliebe für immer vergraben und damit unerreichbar. Otto mochte sich gar nicht ausmalen, wie es wäre, wenn eine Horde edelsteinbesessener Poltergeister ihn und Tante Sharon nachts besuchen würde.

Bestimmt würde sich Tante Sharon zu Tode ängstigen, dachte Otto schließlich, als er über die Türschwelle der Villa trat und seine Jacke an den Garderobenhaken hängte. Vermutlich würde sie das Essen verweigern, keine Uhren mehr reparieren, vollkommen erschöpft im Ohren-

sessel sitzen und sich bei jedem noch so kleinen Geräusch panisch umsehen.

So ähnlich, wie Tante Sharon es jetzt tat, fuhr es Otto durch den Kopf, als er um die Ecke in den Salon bog. Exakt wie in seiner Vorstellung hockte seine Tante im Ohrensessel, die Gesichtsfarbe käsig wie ein Laib Emmentaler, dazu huschte ihr Blick ständig von einer Zimmerecke zur anderen, als versuchte sie, etwas Unsichtbares zu erspähen.

»Bleib stehen, Otto!«, rief sie aufgeregt, als sie ihn bemerkte. Sie starrte auf einen imaginären Punkt hinter Ottos Rücken. »Beweg dich keinen Millimeter. Vielleicht befinden sie sich hinter dir. Vielleicht … schwebt einer von ihnen direkt über deinem Kopf.«

Otto blickte nach oben. Da war nichts, nur der Kronleuchter. Wovon redete sie? Und was war nur mit Tante Sharon los? Sie sah furchtbar aus, ihre grauen Haare standen in alle Himmelsrichtungen vom Kopf ab, dazu schlotterte sie am ganzen Körper. Dabei brannte ein Feuer im Kamin und außerdem schien heute endlich mal die Sonne.

Ob Tante Sharon krank war? Vielleicht hatte sie sich eine böse Grippe eingefangen und halluzinierte im Fieber?

Otto machte ein paar Schritte auf sie zu. »Tante Sharon, ist alles in Ordnung mit dir? Wovon sprichst du denn? Wovor sollte ich mich in Acht nehmen?«

»Ist die alte Schrulle jetzt völlig durchgedreht?«, meckerte Vincent aus Ottos Rucksack. »Hat sie sich etwa mit dem Staubsauger das Gehirn weggesaugt? Ich glaube, deine Tante tickt nicht mehr ganz richtig, genau wie ihre Uhren.«

»Schscht«, machte Otto leise, aber Tante Sharon nahm glücklicherweise keine Notiz von der Fledermaus. Apathisch starrte sie immer noch in jede erdenkliche Ecke des Salons.

»Na, vor den Poltergeistern«, presste sie schließlich hervor. Ihre Stimme war nur ein zartes Hauchen. »Du sollst dich vor den Poltergeistern in Acht nehmen, Otto. Sie könnten überall sein. Und bestimmt spuken sie auch tagsüber. Ach, Otto, ich habe immer geahnt, dass in meiner Villa irgendetwas nicht mit rechten Dingen zugeht. Und jetzt habe ich endlich den Beweis dafür. Das heißt, Madame Olga hat mir den Beweis geliefert. Heute Vormittag.«

Otto schluckte. Hatte er richtig gehört? Poltergeister? Warum zum Teufel wusste denn Tante Sharon von Poltergeistern? Waren tatsächlich welche hier im Haus? Was hatte ihr Madame Olga nur erzählt?

Otto musste unbedingt mehr aus seiner Tante herausbekommen. Möglichst, ohne zu verraten, was er selbst alles über Geister und seit Neuestem auch über Poltergeister wusste. Er musste behutsam vorgehen.

»Poltergeister?«, lachte er und schlenderte möglichst entspannt in die Küche, um sich einen Joghurt zu holen. Bert hielt ihm freundlich einen Becher entgegen, Erdbeere, Ottos Lieblingssorte. »Tante Sharon, glaubst du wirklich, dass es in unserer Villa spukt?«

Tante Sharon lachte nicht. »Bisher hatte ich bloß eine vage Ahnung, aber jetzt weiß ich es«, bestätigte sie todernst. »Madame Olga hat mir genaueste Anhaltspunkte gegeben. Als ich heute Morgen zum Bäcker gegangen bin, habe ich sie zufällig am Gartenzaun getroffen. Als ich ihr erzählt habe, dass ich furchtbar schlecht geschlafen habe, hat sie wieder gesagt, dass unser Haus eine dunkle Aura besitze. Sie war der Ansicht, dass nur paranormale Wesen daran schuld sein können.«

Otto öffnete den Deckel seines Joghurts und setzte sich neben sie. »Tante Sharon, ich wollte es dir ja erst nicht sagen, um dir keine Angst zu machen, aber du hast ganz einfach deswegen schlecht geschlafen, weil du nachts geschlafwandelt bist. Und nicht wegen irgendwelcher Geister.«

Tante Sharon blickte Otto verdutzt an. »Geschlafwandelt?« Sie dachte eine Weile darüber nach. »Und wennschon. Bestimmt sind daran auch diese drei elenden Poltergeister schuld.« Sie beugte sich etwas näher zu Otto und flüsterte: »Sie heißen Sir Tony, Bert und Molly. Madame Olga sagt, die drei seien bösartige Kriminelle, die

nach ihrem Tod keine Ruhe finden und deshalb eine arme Frau und ihren Neffen peinigen müssen.«

»Wie bitte?«, ertönte Sir Tonys blasierte Stimme. Als sein Name gefallen war, war er urplötzlich über dem Kamin aufgetaucht und stemmte die wuchtigen Arme in die Hüften. »Was sagt diese elende Reinlichkeits-Fanatikerin da, die mich stets bei meinem Schläfchen im Staubsauger stört? Ich, ein bösartiger Krimineller? Und woher kennt sie überhaupt meinen Namen? Mir scheint, hier liegt ein gewaltiger Irrtum vor. Eine ganz böse Verleumdung.«

Den Eindruck hatte Otto allerdings auch. Konnte es sein, dass Madame Olga von seinen Hausgeistern wusste? Die Annahme war nicht ganz unwahrscheinlich, immerhin besaß Madame Olga wirklich übersinnliche Kräfte. Doch wie kam sie denn auf den Gedanken, dass es sich bei Sir Tony, Bert und Molly um Poltergeister handeln könnte? Die drei waren doch völlig harmlos. Na ja, vielleicht hatten sie auch einen kleinen Sprung in der Schüssel, aber deswegen waren sie doch noch lange nicht bösartig.

»Otto, ich habe lange darüber nachgedacht, und ich finde, dass ein Haus mit drei Poltergeistern kein guter Ort für einen Jungen ist«, fuhr Tante Sharon schließlich fort. »Ich habe Madame Olga zuerst gebeten, die Geister von hier zu vertreiben, aber als sie mir versichert hat, dass sie bloß ein Medium sei und keine Geisterjägerin, habe ich einen Entschluss gefasst. Ich finde, wir sollten ausziehen.«

Entgeistert starrte Otto seine Tante an. Was sagte sie da? Glaubte sie allen Ernstes an den Schwachsinn, den Madame Olga verzapfte? Ausziehen? Das war unvorstellbar.

»Aber Tante Sharon, vielleicht ist das alles gar nicht wahr«, unternahm Otto einen letzten Versuch, seine Tante zur Vernunft zu bringen. »Vielleicht täuscht sich Madame Olga.«

»Nein, bestimmt nicht. Die Poltergeister sind gemeingefährlich. Besonders dieser Sir Tony.« Tante Sharon kramte ein kleines Stück Papier aus ihrer Tasche. »Madame Olga hat mir hier aufgeschrieben, dass Sir Tony zu Lebzeiten ein berühmt-berüchtigter Gangsterboss war und unter dem Decknamen Teufel-Tony Verbrechen begangen hat. Seinetwegen mussten unzählige Menschen ihr Leben lassen.«

»Das ist doch eine infame Unterstellung!«, echauffierte sich Sir Tony. »Die Einzigen, die für mich ihr Leben lassen mussten, waren ein paar viel zu fette Perlhühner«, erklärte er und klopfte sich dabei auf seinen dicken Bauch.

»Also, ich habe hier nie etwas von Spuk bemerkt«, behauptete Otto und kreuzte die Finger hinter seinem Rücken. »Ich will nicht ausziehen, Tante Sharon.«

Tante Sharon zögerte. Offensichtlich fiel es auch ihr nicht leicht, die Villa für immer zu verlassen, Poltergeister hin oder her. Doch dann straffte sie die Schultern und blickte Otto fest an. »Vermutlich finden wir ohnehin nicht sofort einen Käufer. Und selbst dann wird es auch noch eine Weile dauern, bis wir all unser Hab und Gut zusammengepackt haben. Ich dachte, wir könnten nach London ziehen. In die Großstadt. Dort gibt es haufenweise Flohmärkte mit antiken Uhren.«

»Nach … nach London?« Otto riss die Augen auf. So weit weg? Das musste er unbedingt verhindern. Sein Zuhause war doch hier, im Radieschenweg, zwei Straßen entfernt von Emilys Wohnhaus und in Reichweite der Sigmund-Schwefelkopf-Schule. Da gehörte er hin. Er war doch vor zwei Jahren erst umgezogen. Ein dicker Kloß bildete sich in Ottos Hals.

»Aber was hast du denn gegen London? Die Schulen sind dort viel besser. Und du kannst Emily ja trotzdem besuchen. In den Ferien.«

»London? Ach du stinkende Kanalratte«, flüsterte jetzt auch Vincent aus dem Schulranzen. »Ich habe keinen Bock auf die Großstadt. In den schicken Stadthäusern dort sind so viele Kammerjäger unterwegs, dass es in keinem auch nur das kleinste Ungeziefer gibt. Wovon soll ich mich denn bitte ernähren?«

Da hatte Vincent zur Abwechslung mal recht, fand Otto. London war keine Option. Nie und nimmer!

»Nur über meine Leiche«, knurrte Otto und erhob

sich. Seine Stimme zitterte vor Wut und Aufregung. »Du kannst alleine nach London ziehen, Tante Sharon. Ohne mich. Mir ist es piepegal, ob es hier spukt oder nicht. Ich bleibe im Radieschenweg, klar?«

Tante Sharon sah ihn erstaunt an. Otto machte auf dem Absatz kehrt, rannte aus dem Haus und setzte sich auf sein Fahrrad, damit Tante Sharon unter keinen Umständen mitbekam, dass Tränen in seinen Augen standen.

* * *

»Wir müssen einen kühlen Kopf bewahren«, empfahl Emily und rührte dabei in ihrer heißen Schokolade. Otto war in Windeseile zu Emily in die Kürbisgasse geradelt und hatte ihr sofort von Tante Sharons geplantem Umzug berichtet.

Emily war ebenso geschockt, jedoch dachte sie nicht daran, aufzugeben. Während Otto erzählt hatte, hatte sie sich immer wieder angestrengt die Stirn gerieben, als fehlte es ihr bloß an einem guten Plan, um Ottos Umzug zu verhindern.

»Einen kühlen Kopf? Das sagt sich so leicht.« Otto lief in Emilys Zimmer auf und ab. Sein Kakao stand immer noch unangerührt auf dem Tisch und war inzwischen bestimmt kalt. »Tante Sharon will das Haus schnellstmöglich zum Verkauf ausschreiben. Wenn wir sie doch

nur irgendwie davon überzeugen könnten, dass Bert, Sir Tony und Molly nicht böse sind.«

»Nichts leichter als das«, mischte sich Vincent ein. An Emilys Zimmerdecke hing ein quietschbunter Kristallluster, auf dem die Fledermaus vergnügt schaukelte. »Setz deiner Tante einfach die Geisterbrille auf. Dann sieht sie mit eigenen Augen, dass eure drei Hausgeister bloß drei halbintelligente Pappnasen sind, die sich gerne wichtigmachen. Besonders Sir Tony.«

Emily starrte Otto an. »Die Idee ist gar nicht so schlecht. Ich glaube, Vincent hat dieses eine Mal einen richtigen Volltreffer gelandet.«

Vincent verschränkte empört die Flügel. »So, wie du das sagst, klingt das so überrascht, Emily.«

»Ähm, sorry, ich meinte natürlich, warum haben wir eigentlich nicht gleich Vincent gefragt?«, korrigierte sie sich schmunzelnd und zwinkerte Ottos Hausfledermaus zu. »Wo er doch ganz eindeutig der Intelligenteste von uns ist. Trotz des kleinsten Gehirns.«

»Schon besser.« Vincent schnaubte. »Und was mein Gehirn betrifft, für das gilt eben ›Klasse statt Masse‹. Wann soll es losgehen? Setzen wir ihr die Geisterbrille noch heute auf? Ich will unbedingt dabei sein.«

»Einen Moment noch«, meinte Otto. »Ich finde, die Sache mit der Geisterbrille sollte wohlüberlegt sein. Meint ihr nicht, dass sich Tante Sharon in ihrem Entschluss auszuziehen noch bestärkt fühlen könnte, wenn sie erst Sir Tony, Bert und Molly gesehen hat?«, gab er zu bedenken. »Emily, ich weiß noch ganz genau, wie du reagiert hast, als du zum ersten Mal die Brille aufgesetzt und Bert im Kühlschrank gesehen hast.«

Emily grinste. »Ich habe einen regelrechten Schock bekommen. Dabei hat er sich eigentlich ganz höflich vorgestellt.«

»Und erst Stan, der komplett außer sich war, in der Zeit, als sich Fernando bei ihm eingenistet und ihn am laufenden Band terrorisiert hat.« Otto schüttelte den Kopf. »Geisterbegegnungen sind keine einfache Sache.«

Im vergangenen Herbst hatte eine furchtbare Geisterplage die ganze Stadt lahmgelegt. Weil die Sensenmänner ihren Job nicht erledigt hatten, hatte es plötzlich überall gespukt. Das war schlimm genug gewesen, obwohl dabei nicht einmal Poltergeister im Spiel gewesen waren. In dieser Zeit hatte auch Fernando Mr Olsens altes Haus als seinen neuen Unterschlupf auserkoren. Moment mal. Fernando …

Otto kam eine Idee. Fernando wohnte doch in Madame Olgas Geräteschuppen. Vielleicht hatte er ja irgendetwas von dem Gespräch zwischen Madame Olga und Tante Sharon mitbekommen. Möglicherweise hatte er eine Idee, weshalb die Wahrsagerin Tante Sharon eine solche Lüge ins Ohr gesetzt haben könnte.

»Emily, bevor wir Tante Sharon tatsächlich die Geisterbrille aufsetzen, sollten wir herausfinden, *warum* Madame Olga meiner Tante Lügen auftischt. Und ich denke, Fernando könnte vielleicht Näheres wissen.«

»Dieser lächerliche Knirps mit dem Schnauzbart?«, krähte Vincent.

»Genau der«, bestätigte Emily. »Aber damit sollten wir lieber bis morgen warten.« Sie warf einen Blick aus dem Fenster. »Es ist schon finster und draußen zieht ein gewaltiger Sturm auf. Deine Tante wird sich sicher Sorgen machen, wenn du nicht bald nach Hause kommst.«

Und wennschon. Otto konnte sich nicht erinnern, jemals so sauer auf seine Tante gewesen zu sein wie heute. Ohne ihn nach seiner Meinung zu fragen, beschloss sie einfach, das Haus zu verkaufen. Es war genauso sein Zuhause wie ihres.

Er hatte überhaupt keine Lust, zurückzuradeln. Vielleicht konnte er Emilys Eltern überreden, heute hier übernachten zu dürfen. Emilys Zimmer war groß genug für einen Gast. Vielleicht kam er dann endlich mal dazu, eine Nacht durchzuschlafen.

General Dragomir Satanescu

Zugegeben, besonders nett war es nicht gewesen, Tante Sharon gestern Abend bloß eine SMS zu schicken, um ihr mitzuteilen, dass er die Nacht bei Emily schlafen würde. Bestimmt war sie böse auf Otto, denn als er früh am nächsten Morgen seine Schulsachen geholt hatte, hatte ihn Tante Sharon keines Blickes gewürdigt.

Otto hatte sich schließlich entschuldigt, doch sie schien ihm nicht so recht verzeihen zu wollen. Sie versicherte ihm stattdessen, dass der Umzug nur zu seinem Besten sei und sie Otto mit seinen zwölf Jahren für viel reifer und erwachsener gehalten habe.

Daraufhin war Otto beleidigt zur Schule abgerauscht. Reif und erwachsen? Pah. War es etwa reif und erwachsen, wenn man einfach seine Koffer packte und für im-

mer auszog? Otto würde es das Herz brechen, Sir Tony, Bert und Molly einfach im Stich zu lassen. Ganz zu schweigen von Emily. Sie war doch Ottos beste Freundin und die Einzige, die von seiner Gabe wusste. Wem sollte er denn in London davon erzählen? Bestimmt würden ihn seine neuen Klassenkameraden für komplett bescheuert halten.

Aber es war zu früh, um aufzugeben. Sobald Otto endlich herausfand, was hier gespielt wurde und welche Rolle Madame Olga dabei einnahm, konnte er auch eingreifen. Und der Erste, der ihm dabei helfen musste, war Fernando.

»*Ai,* können wir uber etwas anderes reden, als uber diese Verruckte?«, jammerte Fernando, als Otto und Emily ihn nach der Schule in seinem Geräteschuppen besuchten. Er legte sich theatralisch den Handrücken an die Stirn. »Sie ist eine Plage. Gestern hat sie eine riesige Werbeaktion aufgezogen. *¡Ai, ai, ai, caramba!* Die ganze Stadt hat sie mit ihren Plakaten zugepflastert. Seht nur, sogar den Geräteschuppen.«

Tatsächlich. An die Bretter des Schuppens hatte Madame Olga ein neongelbes Werbeplakat getackert, auf dem sie in Großaufnahme zu sehen war. Ihre Augen glühten bernsteinfarben und ihr Blick hatte etwas Geheimnisvolles.

»Guck dir das an, auf dem Foto sieht sie zwanzig Jahre

jünger aus«, stellte Emily fest, nachdem sie das Plakat studiert hatte. »Sie hat das Bild garantiert am Computer retuschiert und dabei jede einzelne ihrer Falten weggezaubert. Das erkenne ich auf den ersten Blick.«

Otto rieb sich die Stirn. »Madame Olga hat also nicht vor, so schnell wieder zu verschwinden. Dabei hatte ich immer noch irgendwie gehofft, sie würde schnell wieder abhauen, sich eine neue Zirkuskompanie ohne Clowns suchen und uns für immer in Ruhe lassen.«

»Ich auch, *amigos*.« Fernando seufzte. »Sie hat sich meine *casa* unter die Nagel gerissen. Aber es kommen täglich neue Kunden zu ihr. Und deine Tante ist schon die beste Stammgast.«

»Apropos Tante Sharon. Sag mal, Fernando, hast du möglicherweise neulich mitbekommen, wie Madame Olga Tante Sharon erzählt hat, dass es sich bei meinen Hausgeistern um böse Poltergeister handelt? Seitdem hängt bei uns der Haussegen schief«, klagte Otto. »Tante Sharon will ausziehen.«

Fernando lachte laut auf. »Poltergeister? Sir Tony, Bert und Molly? *¡Qué va!* So eine Schwachsinn.« Er schnaubte verächtlich und sein Schnauzbart hob sich für einen Moment in die Luft. »Dabei sollte sich diese Madame Olga mit Poltergeistern auskennen, es wohnt doch einer in ihre eigene *casa*.«

»WAS?«, riefen Otto und Emily gleichzeitig.

»Oh, Entschuldigung, habe ich noch nicht erzählt?«, fragte Fernando, schwebte zum Eingang des Schuppens und blickte hinüber zu Mr Olsens altem Haus. »Sie teilt sich die *casa* mit einem Poltergeist. Ich habe ihn erst einmal gesehen, aber glaubt mir, *amigos*, das war genug. Seine Name ist Dragomir Satanescu und er war fruher ein gefürchteter rumänischer General. Als er noch gelebt hat, hat er zahlreiche blutige Schlachten angefuhrt.« Fernando schnaubte. »Dragomir hat mich ausgelacht, als ich erzählt habe, dass ich ein Torero war und gegen Stiere gekämpft habe. Ein Torero *muy grande*! Aber das hat diesen Wustling gar nicht interessiert. So eine Unverschämtheit!«

»Eine Sekunde mal, Fernando.« Otto ging das alles ein wenig zu schnell. Ein richtiger Poltergeist, der in Madame Olgas Haus wohnte? Wenn das tatsächlich stimmte, dann –

»Jetzt wird mir einiges klar!«, unterbrach Emily Ottos Gedanken. »Das würde den dunklen Schatten und den beißenden Geruch nach Schießpulver erklären, den wir während der Séance wahrgenommen haben.«

»Du meinst, Schießpulver wie von Waffen auf einem Schlachtfeld?«, führte Otto Emilys Gedanken zu Ende.

Emily nickte. »Dieser Geruch hat sich doch erst während der Séance eingestellt, weißt du noch? Und als wir das erste Mal bei Madame Olga geklingelt haben, hat sie

gesagt, dass wir sie mitten in einer Sitzung gestört hätten.«

»*Ai,* die *chica* ist ganz schon clever«, kommentierte Fernando anerkennend. »Ich glaube, du hast recht, Emilia. Madame Olga kann nur durch Dragomir mit die Geister sprechen. Er ergreift Besitz von ihr und stellt so eine Draht ins Jenseits her.«

Die Härchen an Ottos Armen richteten sich auf. »Er … er ergreift Besitz von ihr?«

Fernando nickte eifrig.

Otto überlegte. »Stimmt, Harold hat so etwas in der Art gesagt«, erinnerte er sich. »Er meinte, sie besäßen andere Fähigkeiten als normale Geister.«

»Das könnte erklären, warum sich Madame Olgas Augenfarbe verändert, wenn sie eine Séance abhält«, dachte Emily einen Schritt weiter.

»*Sí,* das war auch meine Gedanke«, erklärte Fernando und zwirbelte gedankenverloren seinen Schnauzbart. »Dragomir hat nämlich stechende hellbraune Augen. Früher hat er angeblich seine Gegner auf die Schlachtfeld nur mit diese Blick in die Knie gezwungen. Seine Spitzname war ›Dragomir der Grausame‹.«

Otto berührte Emilys Schulter. »Weißt du, was das bedeutet, Emily? Es war gar nicht Madame Olga, die Tante Sharon von den drei angeblichen Poltergeistern in ihrem Haus erzählt hat, sondern dieser Dragomir der Grausame! Der eigentliche Poltergeist. Aber was bezweckt er damit?«

»Sollen wir versuchen, General Dragomir Satanescu einen Besuch abzustatten? Wenn Madame Olga schläft?«, schlug Emily vor.

Otto nickte langsam, auch wenn ihm schon der Gedanke daran Angst machte. Die Erinnerung an die gruselige Séance in Madame Olgas Keller war noch allzu frisch. »Vielleicht können wir damit alles aufklären und dieser Dragomir kann seine Aussage vor Tante Sharon zurückziehen. Dann hält sie das alles für ein riesiges Missverständnis und entscheidet sich, in ihrer Villa zu bleiben.«

Emily zog die Augenbrauen hoch. »Wow. Das ist ja richtig ungewöhnlich, dass du dich für so draufgängerische Ideen begeisterst. Das ist normalerweise eher mein Fachgebiet«, lachte sie und klopfte Otto anerkennend auf die Schulter.

»Was soll das denn heißen? Es geht hier schließlich um mein Zuhause, Emily«, knurrte Otto.

»Klar.« Emily lächelte dünn. »Aber vielleicht wäre es eine gute Idee, Harold um Hilfe zu bitten, bevor wir uns einfach in Madame Olgas Haus schleichen und diesem Dragomir auflauern. Bestimmt kommt sein Spitzname ›der Grausame‹ nicht von ungefähr. Außerdem – vergiss nicht, dass er von Menschen Besitz ergreifen kann.«

Otto schluckte. Die Vorstellung, dass ein Fremder seinen Körper steuern könnte, war ganz und gar unbehaglich. Aber vielleicht konnte Harold ihnen wirklich behilflich sein. Immerhin wusste er mehr über Poltergeister als Otto, Emily und Fernando zusammen.

Otto nickte. »Okay. Ich weihe Harold ein. Am besten gleich heute Nacht, wenn er wieder mit einer Ladung Gurkengläser im Radieschenweg aufkreuzt. Und dann knöpfen wir uns diesen grausamen Dragomir vor.«

Harolds Geheimnis

Otto verbrachte den ganzen nächsten Abend in der Bücherkammer. Der geheime schalldichte Raum, der direkt unter den Bodendielen von Ottos Zimmer lag, half ihm immer beim Nachdenken. Tante Sharon wusste nichts von der Bücherkammer, in der Onkel Archibald früher der Geisterforschung nachgegangen war. Der Raum war auf dem Grundriss des Hauses nicht eingezeichnet.

Heute leisteten Sir Tony, Bert, Molly und Vincent Otto Gesellschaft. Sir Tony las einen kürzlich erschienenen Krimi, den sich Tante Sharon gekauft hatte, Molly drehte sich auf dem Globus, Vincent döste auf einem weichen Sofakissen und Bert studierte die Buchrücken von Onkel Archibalds Bibliothek auf der Suche nach Informationen zum Thema Poltergeister.

»Rumänische Geschichte des zwanzigsten Jahrhunderts. Ich glaube, ich habe etwas gefunden, Otto«, rief Bert aufgeregt und zog ein dickes staubiges Buch aus dem Regal. »Sagtest du nicht, Dragomir Satanescu sei zu Lebzeiten ein blutrünstiger Kriegsgeneral gewesen?«

Otto nickte, trug Berts Fundstück zu Onkel Archibalds Schreibtisch, schlug das Inhaltsverzeichnis auf und blätterte an die entsprechende Stelle. Tatsächlich. In dem Buch stand, dass Dragomir der Grausame während des Ungarisch-Rumänischen Kriegs Anfang des letzten Jahrhunderts ein ganzes Heer angeführt hatte. Daneben war ein Bild von ihm abgedruckt.

»Vincent, guck mal!«, rief Otto.

»Hä?«, krächzte es aus Richtung des Sofas.

»Genug geschlafen. Das musst du dir unbedingt ansehen«, verkündete Otto und deutete auf das Schwarz-Weiß-Foto von Dragomir dem Grausamen im Buch. Der General trug eine Kriegsuniform mit vielen Abzeichen und einen eindrucksvollen, gezwirbelten Oberlippenbart. Eigentlich war daran nichts Ungewöhnliches. Doch was Otto sofort alarmiert hatte, waren Dragomirs Augen.

»Krass, Otto«, meinte Vincent, der inzwischen auf Ottos Schulter Platz genommen hatte und ins

Buch spähte. »Guck dir diesen Blick an. Die helle Augenfarbe. Gruselig! Derselbe Ausdruck wie bei Madame Olga, als wir ihr zum ersten Mal begegnet sind.«

»Und wie bei der Séance. Da haben sich Madame Olgas Augen ebenso verwandelt. Von Sumpfgrün in ein helles, glühendes Braun«, fügte Otto hinzu. Es bestand kein Zweifel. An Fernandos Theorie, dass der Poltergeist von Madame Olga Besitz ergriffen hatte, musste etwas dran sein. Otto schauderte.

Wozu der Poltergeist wohl noch fähig war? Vielleicht wäre es doch keine so gute Idee gewesen, Dragomir dem Grausamen einfach gegenüberzutreten und ihn zur Rede zu stellen. Und doch hätte Otto zu gerne gewusst, warum Dragomir Tante Sharon weisgemacht hatte, dass Sir Tony, Bert und Molly Poltergeister waren.

Der Gedanke ließ Otto nicht los, während er ziellos durch das Geschichtsbuch blätterte, auf der Suche nach irgendeiner nützlichen Information. Er verfolgte ihn immer noch, als Otto es sich mit einer Decke auf Onkel Archibalds zerknautschtem Ledersofa gemütlich gemacht hatte und Bert, Sir Tony und Molly sich längst wieder in den Staubsauger, den Kühlschrank und die Waschmaschine verkrümelt hatten. Und er spukte noch weiter in Ottos Kopf herum, als er schon kurz davor war, einzunicken.

Plötzlich traf ihn die Erkenntnis wie ein Schlag. »Mein

Gott, Vincent!«, rief Otto und fuhr hoch. »Ich bin ja so ein Dussel. Der Edelstein, von dem Onkel Archibald gesprochen hat. Der ist die Lösung!«

»Edelstein?«, murmelte Vincent benommen. Er war inzwischen wieder auf dem dicken Sofakissen eingeschlafen. Träge rappelte er sich auf. »Na ja, jetzt, wo du es sagst … Wenn wir es schaffen, den Stein zu finden und ihn zu verkaufen, könnten wir eine Menge Geld damit machen. Ist bestimmt eine nützliche Wertanlage. Aber was das jetzt genau mit Dagobert dem Garstigen zu tun hat, weiß ich auch nicht.«

»Er heißt Dragomir der Grausame«, verbesserte Otto ihn. Vincent nahm die Sache wieder einmal nicht ernst genug. »Und jetzt denk doch mal nach. Emily hat erst neulich die Theorie aufgestellt, dass der Edelstein eine Art Powerakku für Geister ist. Eine Substanz, nach der Poltergeister trachten und die ihnen wohl Kräfte verleiht. Und sie befindet sich irgendwo hier auf diesem Grundstück.« Otto deutete auf den Boden. »Dieser Dragomir will uns loswerden! Er hat Tante Sharon die Lügenmärchen über unsere Hausgeister aufgetischt, damit sie auszieht und er ungehindert nach dem Edelstein suchen kann! Genau deswegen hat Madame Olga auch unser Haus observiert.«

Vincent schien das wenig zu beeindrucken. »Wie kann er denn danach suchen?«, fragte er lahm und hob dabei eine Augenbraue. Er schien immer noch halb in seinem Traum festzustecken. »Er kann ja wohl schlecht in den Supermarkt gehen und sich einen Spaten kaufen, um nach dem Ding zu graben. Er ist ein Geist.«

»Aber er könnte das alles Madame Olga für ihn erledigen lassen«, entgegnete Otto prompt. »Das hat er bisher ja auch so gemacht.« Er ballte die Fäuste. »Nur diesmal darf es ihm nicht gelingen! Wenn ich nur wüsste, wie –«

»Ach, hier versteckt ihr euch!«

Otto blickte erschrocken nach oben, als die Luke der Bücherkammer aufgerissen wurde. Zum Glück war es nur Harold und nicht Tante Sharon, die wieder schlafwandelte. Otto hatte gar nicht gemerkt, dass es schon so spät geworden war. Hier in der Kammer waren die dreizehn Schläge der Pendeluhr natürlich nicht zu hören gewesen.

In voller Montur, mit Sense und Schmetterlingsnetz, kletterte der Sensenmann die Leiter zu Otto und Vincent herunter. »Was ist denn das hier, ein Kaffeekränzchen?« Er ließ seinen Blick durch den Raum schweifen. »Und warum zum Geier bin ich nicht eingeladen?«

»Guten Abend, Harold«, begrüßte Otto seinen Kumpel. »Kein Kaffeekränzchen. Wir unterhalten uns gerade über Poltergeister.«

»Ach, Otto … Ich hätte dir besser nie von den Poltergeistern und der Spezialeinheit des SBI erzählen sollen.«

Harold rieb sich sorgenvoll die knochige Stirn, während er auf dem Sofa Platz nahm. »Bestimmt kannst du jetzt nicht mehr ruhig schlafen. Ich dachte letzte Nacht schon, du wärst aus Angst vor diesen Poltergeistern abgehauen und kämst nie mehr wieder. Ich habe mir ehrlich Sorgen gemacht.« Er schnaubte. »Und ich hätte dringend Hilfe mit der gestrigen Gurkengläser-Ladung gebraucht. Aber in erster Linie hab ich mir Sorgen gemacht.«

Otto räusperte sich. Was war denn plötzlich mit Harold los? Glaubte er wirklich, dass Otto sich vor Geistern fürchtete? Und das, nachdem sie bereits einige haarsträubende Abenteuer zusammen erlebt hatten? »Ähm, Harold, ich bin zwölf, schon vergessen?« Otto klopfte ihm auf die schmale Schulter unter der schwarzen Kutte. »Ich habe keine Angst vor Poltergeistern. Und ich habe auch nicht vor, deswegen abzuhauen. Ganz bestimmt nicht.«

»Es wäre auch schade, wenn du wegziehen würdest«, antwortete Harold, ließ den Schädel hängen und starrte seinen roten Turnschuh an. »Wo wir inzwischen so dicke Freunde geworden sind. Ich mag deinen scharfen Verstand.«

»Und ich deinen knochentrockenen Humor«, gab Otto zurück, schenkte Harold ein kurzes Lächeln und setzte sich neben ihn aufs Sofa. »Aber Harold, wo du gerade von Umzug sprichst: Ich stecke tatsächlich in der Klem

me. Tante Sharon plant, das Haus zu verkaufen. Wir sollen nach London ziehen. Und das nur, weil sie denkt, dass es hier in der Villa Poltergeister gibt.«

Vor lauter Erstaunen fiel Harold die Sense aus der Hand und krachte geräuschvoll auf den Boden. »Euer Haus, von Poltergeistern besetzt?« Sein Unterkiefer klappte herunter. »Wer zum Kuckuck hat ihr das denn erzählt? Du etwa? Bist du wahnsinnig?«

»Quatsch«, wehrte Otto ab. »Warum sollte ich denn so etwas tun? Nein, das war Dragomir der Grausame von nebenan.«

Harold zögerte. »Moment mal. Sagtest du nicht, diese Person wäre eine Frau? Wobei, ganz sicher war ich mir nicht, immerhin hat sie einen leichten Oberlippenbart.«

»Ach, ich meine doch nicht Madame Olga«, korrigierte Otto und verkniff sich ein Kichern. »Sondern den Poltergeist, der von ihr Besitz ergreift, immer wenn sie eine Séance abhält. Sein Name ist Dragomir Satanescu, er ist ein rumänischer General aus dem letzten Jahrhundert und hat glühende bernsteinfarbene Augen. Und er stinkt nach Schießpulver.«

»Also, jetzt mal schön langsam, ohne Gehirn geht das Denken nicht mehr ganz so flott«, bremste ihn Harold. »Willst du mir damit sagen, dass … dass nebenan ein Poltergeist haust? Und dass er Madame Olga kontrolliert wie eine Marionette?« Harold lachte und klatschte amüsiert in die Hände. Dann sprang er vom Sofa hoch, hob seine Sense vom Boden auf und vollführte einen kleinen Tanz. »Ich wusste es! Das … das ist einfach großartig! Eine Sensation! Die beste Nachricht des Tages, das kannst du mir glauben.«

Otto hob die Augenbrauen. Kapierte Harold nicht, was er ihm gerade zu verklickern versuchte? »Spinnst du?« Otto tippte sich an die Stirn. »Was ist denn bitte großartig daran, dass wir einen Poltergeist in der Nachbarschaft haben?«, fragte er empört. »Ich dachte, Poltergeister sind böse Seelen.«

»Sind sie auch«, bestätigte Harold, und schwang nun vergnügt die Sense hin und her wie einen Tanzstock. Einige seiner Knochen knacksten gefährlich. »Aber jetzt habe ich endlich einen Beweis dafür, dass die Meister aller Geister nichts weiter als eine Truppe von Versagern sind. Sie haben einen Poltergeist vergessen. Haha, wenn ich das im SBI herumerzähle, bekommen sie mächtig Ärger.«

Otto sah seinen Kumpel irritiert an. Schadenfreude brachte ihn und Tante Sharon auch nicht weiter.

»Und was machen wir jetzt?«, erkundigte er sich. »Könntest *du* den Geist nicht einfangen, anstelle der Meister aller Geister? Du besitzt doch auch ein Schmetterlingsnetz … äh, einen Seelenfänger, meine ich.«

»*Ich?* Einen Poltergeist einfangen?« Harold legte die Sense beiseite, holte sein Schmetterlingsnetz und be trachtete es unbeeindruckt. »Mit dem Ding da? Das kannst du gleich vergessen. Die Meister aller Geister besitzen eigens angefertigte Spezialnetze mit elektrisch ausfahrbarem Teleskopgestänge. Und dass deren Gurkengläser aus bruch- und stoßsicherem Glas bestehen, muss ich dir wohl erst gar nicht sagen. Sie haben sogar Aluminiumgewehre. Das weitaus bessere Equipment. Von der Designersense ganz zu schweigen.«

Otto schnaubte. So ein Mist. Warum stellte sich Harold nur so an? Er konnte doch wohl nicht ernsthaft zulassen, dass dieser Plagegeist weiterhin sein Unwesen trieb und sie deshalb ausziehen mussten?

Otto sprang auf. »Dann sag mir doch, wie ich mit den Meistern aller Geister Kontakt aufnehmen kann. Können die nicht einfach hier aufkreuzen und sich Dragomir schnappen?«

Harold schnaubte. »Die Typen sind immer fürchterlich überbeschäftigt und haben Aufträge ohne Ende. Zumindest tun sie so. Ich bin mir ziemlich sicher, dass wir normalen Sensenmänner unterm Strich viel härter arbeiten. Obwohl diese Lackaffen natürlich wesentlich mehr verdienen als wir. Pah!«

»Aber du musst sie doch überreden können, Harold.«

»Das ist nicht so einfach. Meistens treiben sie sich da rum, wo Verbrecher zu finden sind. In den dunkelsten, zwielichtigsten Gassen Englands. Und in Italien, rund um die Mafia-Hochburgen. Tote Mafiabosse lassen sich nämlich auch nicht so leicht einfangen, weißt du.« Harold seufzte. »Warum kann ich nicht auch einmal zum Einsatz nach Italien geschickt werden? Ich liebe die italienische Lebensart. Die Menschen dort sind nicht so miesepetrig wie hier auf dieser verregneten Insel. Und erst das Essen. Mmh, Spaghetti Carbonara …«

Otto wurde allmählich wütend. Er musste vielleicht ausziehen und Harold redete übers Essen? Er würde dem Sensenmann gleich zeigen, wie miesepetrig er werden konnte, wenn Harold nicht schleunigst etwas unternahm.

»Du musst es versuchen, Harold«, bat Otto inständig. »Versuch, die Truppe von Italien hierher in den Radieschenweg zu bekommen, und zwar *pronto*! Denn wenn Tante Sharon und ich erst mal ausgezogen sind, wird sich Dragomir unser Haus unter den Nagel reißen und nach dem Edelstein suchen, und dann –«

»Jetzt mach aber mal halblang«, unterbrach Harold ihn. »Otto, von welchem Edelstein sprichst du?«

Etwas schwerfällig ließ sich Otto aufs Sofa fallen. »Während der Séance hat mir Onkel Archibald erzählt, dass ein violetter Edelstein irgendwo auf unserem Grund und Boden vergraben ist. Er hegt den Verdacht, dass dieser Stein etwas mit den Poltergeistern zu tun hat. Aber was genau, darüber rätseln wir immer noch.«

Harold kam näher, packte Otto an den Schultern und

blickte ihn eindringlich an. »Wo…woher hat dein Onkel den Stein? Und … wie groß ist er denn?«

»Pff, woher soll ich das wissen?« Otto rollte mit den Augen. »Aber er scheint ziemlich wertvoll zu sein. Archibald wollte ihn einst meiner Tante schenken, doch dann hat er offenbar durch Zufall erkannt, dass das Ding eine besondere Wirkung auf Poltergeister hat.«

»Ach, herrje, herrje«, rief Harold und lief im Kreis. »Das kann nur eines bedeuten. Bei dem Edelstein handelt es sich ganz eindeutig um einen Australischen Mondschein-Amethyst. Das sind extrem seltene, lilafarbene, glitzernde Edelsteine, die nur bei Vollmond in einem besonderen Steinbruch in Australien abgebaut werden. Ihre Gewinnung ist äußerst kompliziert, deswegen gibt es auf der ganzen Welt bloß eine Handvoll davon. Sie sind viel wertvoller als die gewöhnlichen Amethyste, die man an jeder Straßenecke kaufen kann.«

Ottos Mutter hatte ein dickes Buch über Mineralien, Edelsteine und Juwelen besessen. Darin waren zahlreiche Abbildungen und Querschnitte von Rubinen, Quarzen und anderen Steinen, die Otto immer besonders gut gefallen hatten. Der Amethyst war einer der wenigen violetten Steine. Zudem besaß er angeblich so viel Energie, dass er in der Lage war, die Energie anderer Edelsteine zu erneuern.

Ziemlich erstaunlich, hatte Otto damals gedacht. Von

einer seltenen Form wie dem Australischen Mondschein-Amethyst war in dem Buch allerdings keine Rede gewesen.

»Ich glaube zu wissen, was der Geist damit will«, wisperte Harold nun und schien gänzlich in Gedanken versunken zu sein. »Ich verrate dir jetzt mal ein kleines Geheimnis. Etwas, das bisher niemand über mich weiß. Aber du musst versprechen, dass du es keinem weitererzählst, verstanden?«

Otto nickte ernst.

»Na fein.« Harold lief in der Bücherkammer auf und ab. »Vor ein paar Jahren – na ja, um ehrlich zu sein, ist es schon vierhundert Jahre her –, habe ich mich bei den Meistern aller Geister beworben.« Er blickte Otto direkt an. »Ich wollte auch Spezialagent werden. Für die richtig harten Fälle zuständig sein.«

Otto hob die Augenbrauen. Wow. So motiviert hatte er Harold gar nicht eingeschätzt.

»Ja, ich weiß, was du jetzt denkst«, fuhr Harold fort. »Ich mache doch immer nur das Nötigste, jammere über meinen anstrengenden Job und verfluche das SBI und seine unterirdischen Arbeitsbedingungen. Warum interessiert mich plötzlich der Geheimdienst?« Er seufzte tief. »Aber damals, vor vierhundert Jahren, da hatte ich noch Ziele. Ich wollte was aus meinem Leben machen. Na ja, ich war ja eigentlich bereits tot, aber du weißt schon, was ich meine.« Gedankenverloren starrte er an die Decke. »Jeder der Agenten besitzt sogar eine Nummer mit zwei Nullen vorne. Das drückt aus, wie wichtig sie sind. Ich bin bloß Nummer dreitausendzweihundertsiebenundsechzig, das beeindruckt leider niemanden.«

Otto dachte über Harolds Worte nach. Agent der Meister aller Geister. Eigentlich wirklich ein cooler Job. Designersensen. Schmetterlingsnetze mit elektrisch ausfahrbaren Teleskopstangen. Eigene Nummern wie James Bond. Agent Null Null Sieben, im Auftrag des Todes. Bestimmt fuhren diese Sensenmänner auch richtig schnittige Wagen und keine Rostlaube auf drei Rädern wie Harold.

»Und warum hat es nicht geklappt?«, wollte Otto wissen.

Harold seufzte. »Jeder Aspirant dort muss durch eine mörderische Aufnahmeprüfung. Körperliche Eignungstests, eine Einsatzsimulation und sogar ein Intelligenztest.« Er zögerte. »Ich habe geschlagene hundert Jahre lang für die Prüfung gelernt und trainiert. Und während des Fitnesstests hatte ich sogar die höchste Punktzahl erreicht.« Harold hob seinen Arm, als würde er seine nicht vorhandenen Muskeln anspannen. »Ich war eine Kampfmaschine.«

»Und dann?« Otto wartete gespannt.

»Tja, und dann hab ich den Intelligenztest total vergeigt.« Harold ließ den Kopf hängen. »Blackout. Mein

Schädel war vollkommen leer. Ich wusste gar nichts mehr von dem ganzen Kram, den ich so lange gelernt hatte. Darunter war auch einiges an Wissen über den Australischen Mondschein-Amethyst, der bei der Jagd nach Poltergeistern eine große Rolle spielt.«

Otto konnte nicht anders, er tätschelte mitfühlend Harolds Schulter. Er hatte zwar auch schon ein paar Prüfungen in der Schule vergeigt, aber noch keine so wichtige wie Harold, die Auswirkungen auf viele weitere Jahrhunderte als Sensenmann hatte. Das war richtig bitter.

»Der Australische Mondschein-Amethyst verstärkt nicht nur die Kräfte von Poltergeistern, er funktioniert auch wie eine Art Schutzschild. Sobald ein Poltergeist in den Besitz eines solchen Steins gelangt, ist er quasi unsterblich und kann nicht mehr eingefangen werden. Nicht mal von den Meistern aller Geister.« Harold gab einen traurigen Seufzer von sich. »Ausgerechnet jetzt fällt mir all das wieder ein, Jahrhunderte nach der Prüfung, wenn es mir nichts mehr bringt. Ich bin echt der größte Pechvogel des Universums.«

Armer Harold. Vermutlich hasste er seinen Job als gewöhnlicher Sensenmann nur deshalb aus tiefster Seele. Außerdem erklärte das seine Wut auf die Meister aller Geister. Aber auch wenn Otto seinem Kumpel gerne gut zugeredet und ihn aufgebaut hätte, erst mal hatte der Edelstein oberste Priorität.

»Wir müssen den Amethyst finden, Harold«, sagte Otto entschlossen. »Bevor dieser Dragomir es tut.« Er stand auf. An Schlaf war nicht mehr zu denken. »Wer weiß, vielleicht warten Madame Olga und der Poltergeist gar nicht erst auf unseren Auszug. Vielleicht suchen sie schon jetzt danach. Heute Nacht. Wir müssen ihn finden. Jetzt sofort.«

»Aber wir wissen doch gar nicht, wo er vergraben ist«, gab Harold zu bedenken.

»Stimmt.« Otto hielt inne. Das Grundstück von Tante Sharon war beinahe so groß wie der Stadtpark und über und über mit riesigen Nadelbäumen, Laubbäumen und Hecken bepflanzt. Wenn man einfach zu graben beginnen würde, wäre es, als suchte man eine Nadel im Heuhaufen. »Wenn ich nur Onkel Archibald fragen könnte, wo er das Ding genau vergraben hat.«

Harold hielt inne, dann kramte er in seiner Tasche nach einer kleinen Schachtel. »Das kannst du. Hier ist deine Jenseits-Schneekugel. Ich habe sie dir wieder mitgebracht.«

Otto strahlte übers ganze Gesicht. »Und das sagst du erst jetzt?« Das war ja ein Wink des Schicksals. »Konnte der Reparaturdienst diesen merkwürdigen Blizzard abstellen? Ist das Ding nun wieder funktionstüchtig?«

Harold hob die Schultern. »Die Kugel war eigentlich die ganze Zeit über funktionstüchtig. Zumindest hat die

Verbindung im Jenseits einwandfrei funktioniert, als ich und der Kerl im Shop das Ding ausprobiert haben.« Er kramte erneut in seiner Tasche und förderte einen langen verknitterten Zettel zutage, der aussah wie der Beipackzettel von Tante Sharons Kopfschmerztabletten. »Und hier ist die Gebrauchsanleitung. Ich hab sie wiedergefunden. Da müsste drinstehen, was zu tun ist, falls sie immer noch spinnt.«

»Harold, du bist der Beste!« Otto fiel ihm um den Hals. »Ich muss Onkel Archibald einfach erreichen. Und dann finden wir den Australischen Mondschein-Amethyst und schaffen ihn so weit wie möglich von hier weg.«

Harold war einverstanden. »Ich helfe dir beim Graben. Und wenn wir den Edelstein gefunden haben, gebe ich ihn einfach einem Sensenmann der Spezialeinheit. Der soll ihn während des nächsten Auftrags mit nach Italien nehmen und dort in den Vesuv werfen. Genial, oder? Das habe ich mir von *Der Herr der Ringe* abgeschaut. Vermutlich macht man das so bei gefährlichen Gegenständen, die man loswerden möchte.« Harold grinste und hielt Otto auffordernd die knochige Handfläche hin.

»Klingt ausgezeichnet.« Zufrieden schlug Otto ein. Jetzt mussten sie ihren Plan nur noch in die Tat umsetzen.

Gruseliger Besuch

»Mann, Otto, ist es wahr, was meine Mum mir erzählt hat? Dass du deine Geister satthast?«, kicherte Stan, als Otto am nächsten Morgen den Kunstsaal betrat. Ottos Erzfeind saß auf seinem Tisch und grinste Otto durch die Zahnlücke an, die er sich neulich bei einer Prügelei zugezogen hatte. »Du und deine Tante, ihr zieht wirklich weg von hier?«

Otto schluckte. Na toll. Erzählte seine Tante jetzt etwa schon in der ganzen Stadt herum, dass drei Poltergeister bei ihnen zu Hause ihr Unwesen trieben und sie sich deswegen nach einem neuen Heim in London umsahen?

»Schwachsinn. Wir ziehen nicht um. Ich fürchte, du hast dich zu früh gefreut, Stan«, zischte Otto zurück, drängelte sich an ihm vorbei auf seinen Platz und stellte seinen Schulranzen mit Vincent darin ab. Emily saß bereits auf dem Platz neben Otto und warf Stan einen finsteren Blick zu.

»Ach, bist du dir da sicher?«, feixte Stan. »Da würde ich an deiner Stelle aber noch mal bei deiner Tante nachhaken.« Er grinste Otto frech an. »Euer Haus steht schon zum Verkauf. Das habe ich heute Morgen in der Zeitung gelesen! Da stand: *Notverkauf! Viktorianische Stadtvilla wegen Umzugs günstig abzugeben.*« Stan lachte fies. »Wenn es wirklich stimmt, dass es da drin Geister gibt, hätte das deine Tante vielleicht auch in die Anzeige schreiben sollen, hm? Ich jedenfalls würde für kein Geld der Welt dort einziehen.«

Otto blieben die Worte im Hals stecken. Warum hatte seine Tante einfach eine Annonce aufgegeben, ohne ihn vorher zu fragen? Das ging Otto alles viel zu schnell. Er wollte gerade eine möglichst pampige Antwort in Stans Richtung schleudern, als die Kunstlehrerin Ms Singh den Raum betrat und die Klasse aufforderte, weiter an ihren Projekten zu malen.

»Kümmere dich nicht um diesen Idioten«, wisperte Emily Otto zu, während sie ihren Kasten mit den Wasserfarben aufklappte und begann, mit dem Pinsel kräftig in der Farbe Schwarz zu rühren. Als neuestes Kunstprojekt hatte ihnen Ms Singh aufgetragen, einen Planeten ihrer Wahl zu malen, doch Emily hatte sich gleich für das ganze Sonnensystem entschieden. Ihre Zeichnung sah rich tig gut aus. »Uns fällt schon ein, wie wir diesen Poltergeist loswerden.«

Otto senkte den Kopf und versteckte sich hinter seinem Vordermann, damit ihn Ms Singh nicht sehen konnte. »Dir braucht gar nichts mehr einzufallen, Emily. Ich habe einen Plan. Harold hat mir gestern Nacht in der Bücherkammer erzählt, dass es sich bei dem Stein in unserem Garten um einen Australischen Mondschein-Amethyst handelt, der Poltergeister immun gegen Sensenmänner macht. Deswegen will Dragomir der Grausame den Stein unbedingt haben.«

Emily legte den Pinsel ab und blickte gedankenverloren auf einen Punkt an der Wand. »Das … das ergibt Sinn«, murmelte sie und klang vollkommen perplex. Dann schlug sie sich fest gegen die Stirn. »Warum bin ich nicht darauf gekommen? Das ist doch total naheliegend.«

»Hey!« Otto lachte und knuffte Emily in die Seite. »Lass mich doch auch mal einen Geistesblitz haben. Jedenfalls müssen wir diesen Amethyst unbedingt finden, bevor Dragomir es tut. Und den Stein danach irgendwo entsorgen, wo er ihn nicht aufspüren kann.«

»Schscht«, mahnte Ms Singh vom Lehrerpult aus. Sie schien heute schlechte Laune zu haben und warf Otto einen vorwurfsvollen Blick zu. »Otto, wenn du nicht aufhörst, ständig mit Emily zu quatschen, wird sich das auf deine Zeugnisnote im Sommer auswirken.«

»Das können Sie sich sparen, Otto ist ohnehin bald nicht mehr auf dieser Schule«, rief Stan in die Klasse. »Unser übersinnlicher Geisterjunge zieht nämlich um. In die Großstadt.« Stan drehte sich um und lachte in Ottos Richtung. »Nicht wahr, Kumpel? Wir sind alle schrecklich traurig, dass wir dich nicht mehr täglich sehen können. Ich ganz besonders.«

»Jetzt reicht es aber«, zischte es aus Ottos Schulranzen. Ehe Otto sichs versah, öffnete sich die Seitentasche. Vincent schoss in die Höhe, stürzte wie ein Kamikaze-Flieger auf Stan herab und biss ihm mit voller Wucht ins Ohr.

»Was zum – Aua!«, schrie Stan, hüpfte von seinem Platz auf, ruderte mit den Armen und erwischte dabei Vincent, woraufhin die Fledermaus durch den Raum flog, gegen die Tafel knallte und daran hinabglitt. »Ms Singh, irgendetwas hat mich gebissen.« Stan rieb sein linkes Ohr und klang beinahe weinerlich. »Ich glaube, es war eine Fledermaus.«

Ms Singh war nun auch aufgesprungen und betrachtete den Eindringling, der regungslos am Boden lag. »Das … das ist ja tatsächlich eine Fledermaus«, stammelte sie erstaunt.

Otto war kurz davor, aufzuspringen und nach Vincent zu sehen, doch Emily hielt ihn zurück. »Nicht«, flüsterte sie in Ottos Ohr. »Vincent geht es bestimmt gut, er hat schon viel Schlimmeres ausgehalten. Oder willst du etwa, dass Ms Singh herausfindet, wo die Fledermaus plötzlich hergekommen ist? Das gibt nur Ärger.«

Emily hatte recht. Zum Glück schien Vincent tatsächlich keinen Schaden davongetragen zu haben, zumindest soweit Otto das aus der letzten Reihe beurteilen konnte. Als Ms Singh das Tier vorsichtig vom Boden aufhob und zum Fenster trug, blinzelte Vincent.

»Na, du süßes Ding«, sagte Ms Singh jetzt und streichelte über Vincents Fell. »Was hast du denn hier verloren?«

»Machen Sie dieses Mistvieh weg, Ms Singh«, rief Stan verärgert und rieb immer noch an seinem verletzten Ohr. »Es beißt Menschen. Am besten, Sie rufen den Kammerjäger, der hat bestimmt Mittelchen, um diesen Blutsauger zu erledigen.« Er kramte in seinem Rucksack. »Hier, Sie können ihn von meinem Handy aus anrufen.«

Nun war es Emily, die drauf und dran war, nach vorne zu stürmen, doch zum Glück machte Ms Singh keine Anstalten, Vincent tatsächlich etwas anzutun.

»Stan, ich glaube, ich habe mich verhört«, ermahnte sie Ottos Erzfeind, warf ihm einen grimmigen Blick zu und hielt das Tier schützend an ihre Brust. »Fledermäuse sind seltene Tiere.« Liebevoll kraulte sie Vincents Kinn, und so wie er sich in Ms Singhs Hand bog, schien es ihm tatsächlich zu gefallen. »Ich werde diesen kleinen Fratz nie und nimmer einfangen lassen, damit das klar ist. Oh, wie niedlich er mich anguckt!«

»Sieh doch mal«, flüsterte Otto Emily zu. »So zutraulich habe ich Vincent ja noch nie erlebt.«

Emily nickte und beobachte, wie Ms Singh schließlich das Fenster öffnete, Vincent noch etwas Zeit gab, um sich aufzurappeln und ihn mit einem sanften Schwung in die Freiheit entließ.

Puh. Das war ja noch mal gut gegangen. Gut, dass Vincent geistesgegenwärtig die Klappe gehalten hatte. Wenn er auch noch angefangen hätte, wie ein Rohrspatz zu schimpfen, hätte Ms Singh bestimmt den Schock ihres Lebens bekommen und ihn längst nicht mehr so süß gefunden. Jetzt hielt sie ihn wenigstens nur für eine normale Fledermaus, die sich ins Schulgebäude verirrt hatte.

»Hoffentlich hält das unfreiwillige Ohrenpiercing Stan jetzt mal ein Weilchen davon ab, uns zu nerven«, murmelte Emily, als alle in Ottos Klasse wieder mit ihren Planeten beschäftigt waren und sich Ms Singh im Klassenbuch Notizen machte. »Aber dem wird ohnehin bald das Lachen vergehen, wenn wir den Amethyst erst gefunden haben und Sharons Umzugsplan nicht mehr steht. Wenn ich nur wüsste, wo wir danach graben sollen.«

»Was das betrifft, habe ich auch eine Idee«, meinte Otto. »Harold hat mir gestern die Schneekugel zurückge-

bracht, angeblich funktionstüchtig. Ich wollte sie eigentlich schon gestern Nacht ausprobieren, aber dann dachte ich mir, dass du bestimmt sauer sein würdest, wenn ich damit nicht auf dich warte.«

»Da könntest du recht haben.«

»Also, was hältst du davon, wenn wir die Schneekugel heute Nachmittag noch mal in Betrieb nehmen? Gleich nach der letzten Stunde?« Otto zögerte. »Vorher sollten wir allerdings Vincent suchen, unseren blinden Passagier. Na warte, der kann sich auf eine kräftige Standpauke gefasst machen.«

* * *

»Sanya. Sanya. Sanya Singh. Ist das nicht ein wundervoller Name? Ich finde, er klingt wie ein indischer Sonnenaufgang«, schwärmte Vincent, legte sich theatralisch den rechten Flügel auf die Brust und blickte von Ottos Fensterbrett aus in die Frühlingslandschaft. »Sanya, die Frau mit der golden schimmernden Haut und dem Duft einer erblühenden Rose. Meine Traumfrau. Meine Retterin. Meine Königin.«

Otto seufzte. So ging das mit Vincent schon den ganzen Nachmittag. Genauer gesagt, seit Otto Vincent den Vornamen von Ms Singh verraten hatte und dazu alles, was er über seine Kunstlehrerin wusste. Dass sie aus Indien stammte. Anfang dreißig war. Dass ihr Lieblingsmaler Picasso war. Und dass sie unverheiratet war. Bei letzterer Information hatte Vincent sehnsuchtsvoll aufgestöhnt.

»Äh, was ist denn mit dem da los?«, erkundigte sich Sir Tony verdutzt, der über Ottos Bett schwebte und Vincents Anfall von plötzlicher Romantik mit hochgezogenen Augenbrauen beobachtete. »Hat er vergiftete Maden gegessen oder was?«

»Vergiftete Maden?«, empörte sich Vincent, drehte sich um und warf Sir Tony einen finsteren Blick zu. »Du hast wohl kein Verständnis für romantische Empfindungen, was? Na ja, das liegt wohl daran, dass dein Herz längst den Geist aufgegeben hat. Mit solchen Personen unterhalte ich mich erst gar nicht.«

»Vincent, möchtest du nicht dabei sein, wenn Emily und ich Onkel Archibald anrufen?«, startete Emily einen Versuch, Vincent von seiner Dauerschmachterei abzulenken. »Wir packen gerade die Jenseits-Schneekugel aus.«

»Ach, macht ihr nur«, brummte Vincent und starrte weiterhin gedankenverloren nach draußen. »Ich kann einfach nicht vergessen, was passiert ist. Wie Ms Singhs Hand mich in die Freiheit entlassen hat und ich wie ein Vögelchen davongeflattert bin. *Der Liebe leichte Schwin-*

gen trugen mich, das schrieb schon einst Shakespeare, nicht wahr?«

»Ach herrje!« Sir Tony griff sich fassungslos an die Stirn. »Sagt mir nicht, dass diese kleine würmerfressende Fellkugel gerade eine Stelle aus *Romeo und Julia* zitiert hat. Dem ist wirklich nicht mehr zu helfen.«

Otto seufzte und schüttelte den Kopf. Er hätte auch nicht gedacht, dass Vincent noch anstrengender sein konnte als sonst, aber bisher hatte er ihn noch nie im verknallten Zustand erlebt.

»Also los«, begann Emily und schüttelte die Jenseits-Kugel fest, um sicherzugehen, dass die Übertragung einsetzte. Im selben Moment fuhr ein Windstoß ins Zimmer und öffnete ruckartig das angelehnte Fenster, vor dem Vincent saß.

»Wuaaah!«, kreischte Vincent, als er von der Wucht des Windes durch den Raum geschleudert wurde. Er prallte am Lampenschirm ab und segelte zu Boden. »Orkan! Ein Orkan! Schließt das Fenster!«

»Huch«, rief jetzt auch Sir Tony und klammerte sich an Ottos Bücherregal fest.

Otto fuhr hoch, schloss sein Zimmerfenster und lief auf Vincent zu, der sich auf dem Teppichboden krümmte. »Autsch. Was ist das heute nur für ein Tag? Warum bekomme ich es heute nur ständig mit Naturgewalten zu tun? Dieser Sturm soeben und heute früh diese Pappnase Stan. Dieser dicke Dummschwätzer ist auch nichts weiter als eine üble Laune der Natur.«

Otto antwortete nicht, stattdessen blickte er sich um. Vorhin, als Emily und er von der Schule nach Hause gekommen waren, hatte doch noch kein Lüftchen geweht. Und auch jetzt schien draußen die Sonne und die Vögel zwitscherten.

Seltsamerweise war es im Zimmer jedoch plötzlich deutlich kühler geworden, zudem zog ein beißender Geruch nach Schwefel durch den Raum, der Otto ziemlich bekannt vorkam.

Otto beschlich eine böse Vorahnung.

»Poltergeist? Bist du hier?«, rief er und sprang auf, während sein Blick in eine Ecke des Raumes glitt, in der er ihn vermutete. Komisch, dass Otto ihn nicht sehen konnte. Vielleicht huschte er auch wie wild durch den Raum, sodass sich seine Gestalt nirgendwo materialisieren konnte. Trotzdem war Otto sich sicher, dass er da war. »Das hier ist unser Haus, verkrümle dich wieder zurück zu Madame Olga.« Otto schluckte schwer. »Du hast hier nichts zu suchen, verstanden?«

»Ähm, Otto? Sieh mal, hier«, flüsterte Emily mit zittriger Stimme und zog am Ärmel seines Pullovers. Sie hatte die Jenseits-Schneekugel beiseitegelegt, die Geisterbrille aufgesetzt und starrte nun wie in Trance in die Ecke von Ottos Zimmer, in der sich sein Schreibtisch befand.

Otto folgte ihrem Blick. Über der Pinnwand hatte sich ein merkwürdiger Kopf mit menschlichen Gesichtszügen gebildet, der aussah, als bestünde er aus nichts als wabernden Nebelschwaden.

Otto lief ein kalter Schauer über den Rücken. Das war er, Dragomir der Grausame, und er sah genauso aus wie in dem Buch, das Bert entdeckt hatte. Das Gesicht, der auffällige Oberlippenbart und, natürlich, die bernsteinfarben glühenden Augen.

»Wo befindet sich der Australische Mondschein-Amethyst? Wo hat dein Onkel ihn vergraben?«, ertönte eine Stimme, die von nirgendwo zu kommen schien und zugleich rauchig und uralt klang. Der in der Luft entstandene Kopf bewegte seine Lippen nicht, was die ganze Sache noch merkwürdiger machte.

Zum Glück war es helllichter Tag. Mitten in der Nacht hätte Otto bestimmt vor Angst die Flucht ergriffen und wäre in Tante Sharons Bett geflüchtet, schlotternd wie ein kleines Kind. Aber auch jetzt klapperten Ottos Zähne aufeinander. Einem Poltergeist begegnete man eben nicht alle Tage.

»Warum fragst du Archibald nicht selber nach dem Stein, Dragomir?«, gab Emily zurück und reckte ihm herausfordernd das Kinn entgegen. »Du bist doch ach so mächtig, gruselig und stinkst außerdem gewaltig nach Schießpulver, noch dazu kannst du doch angeblich zu anderen Toten Kontakt aufnehmen.« Sie machte noch einen weiteren Schritt auf die Fratze zu. »Oder bekommst du das etwa nicht gebacken?«

»Puh«, machte Sir Tony. Er hatte sich hinter Ottos Kopfkissen versteckt, nur sein Hut und die Spitze seines Barts ragten hervor. »Die Kleine hat ganz schön Mumm.«

»Ruhe! Gewöhnliche Geister haben hier nichts zu melden«, dröhnte die Stimme des Poltergeistes, und schwupp waren jetzt auch Sir Tonys Bartzipfel und sein Hut hinter dem Kissen verschwunden. »Ich kann euch sagen, warum niemand weiß, wo sich der Amethyst befindet. Weil sich Archibald nicht mehr daran erinnern kann, wo er ihn vergraben hat. Dieser elende, geisterforschende Taugenichts.«

»Das ist durchaus logisch, Otto«, zischte Sir Tony hinter Ottos Kopfkissen hervor. »Ich habe mal gehört, je länger man sich im Jenseits aufhält, desto mehr verblassen die Erinnerungen an das Leben in der echten Welt. Vielleicht hat Archibald es einfach vergessen, weil es schon so lang her ist.«

Wie auch immer. Otto ballte die Fäuste. »Und was erwartest du nun von uns?«, rief er dem Poltergeist zu. »Wir wissen doch erst recht nicht, wo sich dieser Stein befindet. Und wenn wir es wüssten, würden wir es dir auf keinen Fall sagen.«

Auf dieses Stichwort hin löste sich der Kopf des Poltergeistes in nichts auf, ein erneuter Sturm wirbelte durch den Raum und formierte sich in der Mitte des Zimmers zu einem kleinen Tornado. Ottos Haare standen zu Berge und Emily fiel beinahe die Geisterbrille von der Nase. Unwillkürlich griff sie nach Ottos Hand.

»Was hat er jetzt vor?«, wisperte sie. Auch wenn sie noch so mutig erschien, Otto konnte an ihrer Stimme hören, dass Emily angst und bange war. Vermutlich bereute sie bereits, die Geisterbrille je gefunden zu haben.

»Ich will es lieber nicht wissen«, antwortete Vincent an Ottos Stelle. Sein pelziger Kopf ragte unter Ottos Bett hervor und er betrachtete den Wirbelsturm mit klappernden Zähnen. »Oh, Otto, bitte ruf doch Ms Singh an, bestimmt kommt sie vorbei, um mich ein weiteres Mal zu retten. Kannst du das machen? Bitte sag Ja.«

Vincent war vielleicht ein Spinner. Hockte feige unterm Bett und wartete auf Rettung. Doch Ms Singh würde ihm jetzt nicht helfen können. Otto würde den Poltergeist alleine loswerden müssen. Vielleicht konnte er einen kleinen Bluff riskieren.

»Okay … wir suchen den Stein, einverstanden?«, rief Otto mit aller Kraft gegen den Wind an. Inzwischen hatte die Wucht sämtliche seiner Bücher aus den Regalen gerissen. Die Klamotten, die vorher am Boden gelegen hatten, wirbelten durch die Luft. »Hauptsache, du verschwindest von hier.«

Binnen weniger Sekunden ebbte der Sturm ab. Ottos Hausaufgaben flatterten zu Boden, während die Luft über dem Schreibtisch wieder dieselbe neblige Form annahm wie zuvor. Das Gesicht materialisierte sich erneut, doch diesmal zog sich ein dickes Grinsen über die Lippen des Poltergeistes. Er schien zufrieden.

»Ausgezeichnet«, dröhnte der Geist. »Ihr habt drei Tage Zeit. Wenn ihr es schafft, können du und deine Tante eure dumme Villa behalten.«

»Du kannst dich auf uns verlassen«, antwortete Otto. Ein dumpfes Gefühl sagte ihm zwar, dass man sich besser auf keine Deals mit Poltergeistern einlassen sollte, aber was hatte er denn bitte schön für eine Wahl? Indem er sich bereit erklärte, den vergrabenen Edelstein an den Poltergeist auszuliefern, konnte er zumindest etwas Zeit schinden. Die dreitägige Frist war zwar kurz, aber sie musste reichen, um sich einen guten Plan zu überlegen. Beispielsweise einen Termin mit den Meistern aller Geister zu vereinbaren. Diese Truppe musste Otto einfach helfen, immerhin war der Geist gemeingefährlich.

»Wenn du es nicht schaffst, dann wird Madame Olga das Haus kaufen und wir suchen selbst nach dem Stein. Und glaub mir, ich kenne genug Poltergeister in London, die dich besuchen können, wenn du mir den Stein nicht lieferst.« Der Poltergeist lachte dröhnend. »Ich rate dir also, dich anzustrengen.«

»Aber wir wissen doch gar nicht, wo sich der Stein befindet«, raunte Emily Otto zu.

»Wir schaffen das schon«, flüsterte Otto zurück, ließ Emilys Hand los, lief zum Fenster und öffnete es, so weit es möglich war. Wenn der Poltergeist diesen Weg in sein Zimmer gewählt hatte, würde er es wohl auch wieder durch das Fenster verlassen.

Wie vermutet spürte Otto sogleich eine neuerliche Brise im Zimmer, die in Richtung des Fensters zog. Kaum hatte er das Fenster hinter dem Poltergeist geschlossen, war ihm, als stiege die Temperatur im Zimmer binnen Augenblicken.

»Gruselig«, befand Vincent und traute sich schließlich wieder aus seinem Versteck unterm Bett hervor. Er klopfte sich den Staub vom Fell.

»Dieser Geist hat nicht gerade sehr höfliche Umgangsformen«, stellte Sir Tony fest.

»Deswegen nennt man ihn auch Poltergeist«, murmelte Otto.

»Und er stinkt außerdem ganz erbärmlich nach Schwefel«, meckerte Vincent. »Der sollte sich dringend mal duschen.«

»Wohl wahr«, sagte Sir Tony. »Bin ich froh, dass ich kein Poltergeist bin. Sonst müsste ich vermutlich auch ständig schlecht gelaunt sein, nach einem Edelstein trachten und furchtbar stinken.«

»Letzteres hat er wohl aus seinem Leben ins Jenseits mitgenommen«, antwortete Emily und ließ sich auf Ottos Teppich fallen. »Wobei, das ist Quatsch, im Jenseits war er ja noch gar nicht. Dort sollte er allerdings hin, damit er hier keinen Schaden mehr anrichtet und weiterhin von menschlichen Körpern Besitz ergreift.«

»Wenn er den Stein allerdings erst in seinen Händen hat, kommen die Meister aller Geister nicht mehr gegen Dragomir an«, fasste Otto zusammen, griff nach der Schneekugel und drehte sie in seinen Händen. Er überlegte einen Moment lang und blickte in Sir Tonys Richtung. »Denkst du wirklich, dass sich Onkel Archibald nicht mehr daran erinnern kann, wo der Stein vergraben ist? Vielleicht war das bloß ein Vorwand, um den Poltergeist in die Irre zu führen.«

Sir Tony zuckte mit den Schultern. »Benutz die Kugel und finde es heraus.«

Ach ja. Beinahe hatte Otto vergessen, was er vorgehabt hatte, bevor Dragomir erschienen war. Er hatte die reparierte Jenseits-Kugel ausprobieren wollen.

Doch alles Schütteln half nicht. Der Blizzard schien immer noch durch die Kugel zu jagen, inzwischen sogar mit steigender Intensität. Otto machte sich langsam Sorgen um Onkel Archibald. Die Hütte in der Kugel sah so aus, als hielte sie dem Unwetter nicht mehr allzu lange stand. Was war da nur los?

»So ein Mist«, schimpfte Emily. »Hat Harold nicht behauptet, er hätte sie reparieren lassen?«

»Harold meinte, sie sei nie kaputt gewesen.« Otto kratzte sich am Kopf, dann stand er auf und kramte auf seinem Schreibtisch nach der Gebrauchsanweisung, die ihm Harold dagelassen hatte. Er fand sie einige Meter weiter links hinter seinem Bett, zwischen seinen Hausaufgaben, die der Tornado vorhin durchs Zimmer gewirbelt hatte.

»Lass mal sehen«, sagte Vincent und widmete sich dem zerknitterten Zettel. Suchend betrachtete er den kleingedruckten Text der Gebrauchsanweisung. »Oh, hier haben wir es schon. Eingeschränkte Funktionsweise bis zum Totalausfall der Schneekugel-Kommunikation bei Bruchschäden, Wasserschäden, außerdem in unmittelbarer Reichweite von Atomkraftwerken, bösen Geistformen, besser bekannt als Poltergeistern, und zudem auf den Kykladen-Inseln in der Ägäis. In diesem Fall übernehmen die Hersteller der Jenseits-Schneekugel keine Haftung.«

»Hä? Das ist ja merkwürdig. Warum funktioniert die Kugel denn nicht auf den Kykladen?«, wollte Emily wissen.

»Keine Ahnung, hast du etwa vor, dorthin zu reisen?«, blaffte Vincent. »Ich jedenfalls nicht. Allerdings erklärt das, warum die Kugel beim Reparaturservice im Jenseits plötzlich einwandfrei funktioniert hat. Anscheinend hat uns der dumme Sensenmann doch nicht angeschwindelt.«

»Warum hätte er uns denn anschwindeln sollen?«, wollte Otto wissen.

»War bloß eine Vermutung. Wir alle wissen ja, was für ein elender Faulpelz er ist.« Vincent rümpfte die Nase. »Jedenfalls wissen wir nun, dass … tataaaa … Dagobert der Stinkende daran schuld ist, dass das Ding nicht funktioniert.«

»Dragomir der Grausame«, verbesserte Emily ihn.

»Wie auch immer.«

Nun, dank Vincent und der Gebrauchsanweisung war Otto so einiges klar geworden. Die Sache verhielt sich anscheinend zur Abwechslung mal viel einfacher, als er zuerst vermutet hatte. Es schien, als müsste er die Glaskugel nur weit genug von Madame Olgas Haus in Betrieb nehmen, damit sie einwandfrei funktionierte.

Zum Beispiel in Emilys Zimmer.

Jenseits-Telefonie

»Ich glaub, mich knutscht ein Elch!«, krähte Vincent von Emilys geblümtem Schreibtischstuhl aus und guckte verwundert zu Otto und Emily, die auf dem Zimmerboden kauerten. »Die Gebrauchsanweisung hatte recht. Das Ding funktioniert nur, wenn kein Poltergeist in der Nähe ist. Emily, die Kürbisgasse ist offensichtlich zu hundert Prozent poltergeistfrei. Glückwunsch.«

Genau das hatte Otto gehofft. Gebannt sah er zu, wie sich nun, nachdem Emily die Kugel kräftig geschüttelt hatte, der Schnee darin ausbreitete. Von einem Blizzard fehlte dieses Mal jede Spur, stattdessen fiel der Schnee nun wieder gemächlich vom Himmel und der Rauch erhob sich senkrecht aus dem Schornstein von Onkel Archibalds Hütte. Einen kurzen Augenblick später war das Standbild zum Leben erwacht.

»Es klappt! Volltreffer!«, jubelte Emily und stellte die Kugel auf ihren Zimmerteppich. »Jetzt muss sich Onkel Archibald nur noch aus der Hütte nach draußen wagen.«

Otto und Emily hielten den Atem an, als sich schließlich die alte hölzerne Tür der Hütte öffnete und Onkel Archibalds grauhaariger Kopf durch den Spalt lugte. Erst zaghaft, als fürchtete er immer noch, dass jeden Moment ein Schneesturm einsetzen und seine Tür aus den Angeln heben würde.

»Keine Sorge, Onkel Archibald«, sprach Otto seinem Onkel Mut zu. Er kauerte neben Emily am Boden und betrachtete die Geschehnisse in der Kuppel. »Das Wetter hat sich beruhigt. Du kannst rauskommen.«

»Puh. So ein Glück aber auch«, ertönte Onkel Archibalds Stimme. Er schlang sich seine dicke Wolljacke fester um den Körper, trat nach draußen und klopfte sich Schnee von den Schultern. »Hallo, Otto. Ich habe mitbekommen, dass du schon seit Tagen versucht hast, mit mir Kontakt aufzunehmen. Aber jedes Mal setzte wie aus dem Nichts ein schwerer Schneesturm ein. Die ganze Hütte hat geknarzt, als würde sie sich jeden Augenblick in die Lüfte erheben. Das war vielleicht gruselig. Und dazu war es auch noch verdammt kalt.«

Armer Onkel Archibald. In Ottos Städtchen war inzwischen der Frühling eingekehrt und an manchen Tagen konnten Otto und Emily sogar ohne dicke Winterjacke nach draußen gehen, doch Onkel Archibald bibberte in seiner kleinen Holzhütte immer noch wie im tiefsten Winter. Wenn es doch nur eine Möglichkeit gäbe, ihn wieder in Ottos Welt zu schaffen! Dass die Verbindung durch die Jenseitskugel nun wieder klappte, war zumindest schon ein Anfang.

»Jetzt sollte es keine weiteren Pannen geben«, meinte Otto zuversichtlich. »Nur zwischendurch muss Emily die Kugel immer wieder schütteln, damit die Verbindung nicht abbricht. Alles klar?«

»Verstanden.« Onkel Archibald formte mit seinen Fingern ein O.-K.-Zeichen. »Nur was in aller Welt ist denn so dringend, dass ihr seit Tagen versucht, mit mir zu sprechen? Nicht, dass ich mich nicht freuen würde.« Onkel Archibald biss sich auf die Unterlippe. »Aber irgendetwas geht doch bei euch zu Hause nicht mit rechten Dingen zu. Denn wenn ihr gerade nicht verzweifelt versucht, mich zu kontaktieren, dann sucht mich ein widerlich nach Schießpulver stinkender Geist namens Dragomir heim. Er hat mir deine und Tante Sharons Fragen ausgerichtet. Habt ihr meine Antworten erhalten?«

Otto nickte aufgeregt. »Tante Sharon und ich haben an einer Séance teilgenommen. Also warst es wirklich du, der durch den Geist zu uns gesprochen hat?«

»Na, wer denn sonst?« Archibald grinste. »Aber dieser Dragomir war mir alles andere als sympathisch. Um ehrlich zu sein, vermute ich, dass er einer speziellen bösartigen Geistergattung angehört, nämlich die der –« Onkel Archibald verstummte. Dann, nach einer Weile fügte er hinzu: »Ach, Otto, vergiss, was ich gesagt habe, ich will dir keine Angst machen.«

Otto knurrte. Warum dachte alle Welt, er würde sich vor Poltergeistern fürchten? Ja, okay, der Besuch von Dragomir in seinem Zimmer, der nebelige Geisterkopf, der gesprochen hatte, ohne dabei die Lippen zu bewegen, das war schon ziemlich schaurig gewesen. Aber Dragomir war nun mal ein Poltergeist, und egal, ob Otto sich fürchtete oder nicht, er konnte doch nicht einfach die Hände in den Schoß legen und nichts tun.

»Ich weiß bereits alles über Poltergeister. Dass sie von Menschen Besitz ergreifen können und die Spezialeinheit des SBI sie einfangen muss. Mit hoch technisierten Geräten«, versicherte Otto seinem Onkel, ein wenig verärgert darüber, dass dieser ihm so wichtige Informationen einfach vorenthalten wollte. »Ich habe keine Angst vor ihnen. Und Emily genauso wenig.«

»Hallo, Archibald«, begrüßte Emily Ottos Onkel.

Archibald schwieg eine ganze Weile und starrte etwas besorgt in den Himmel, als könnte er Emily und Otto darin erkennen. Dann seufzte er und ließ den Kopf hängen. »Okay, ich hätte wohl wissen müssen, dass man euch beide nicht hinters Licht führen kann. Dann wisst

ihr vermutlich auch von dem Amethyst, den ich Sharon schenken wollte und der sich als Poltergeistmagnet entpuppt hat. Wobei ich bis heute nicht weiß, was Poltergeister daran finden. Man kann aus dem Edelstein ein paar hübsche Ketten anfertigen, aber das kann ja wohl nicht des Rätsels Lösung sein.«

»Ist es auch nicht«, mischte sich Emily aufgeregt ein. »Archibald, mit dem Stein können Poltergeister verhindern, ins Jenseits abtransportiert zu werden. Sie werden dann unbesiegbar. Deswegen sind sie hinter ihm her.«

Onkel Archibald schlug sich gegen die Stirn. »Mist! Da hätte ich selbst draufkommen können. So viel zum Thema Geisterforscher. Ich glaube, du würdest eine bessere Geisterforscherin abgeben, als ich einer war.«

Emily wurde rot. »Ach, Quatsch. Das mit dem Stein hat außerdem Otto herausgefunden und nicht ich.«

Doch Onkel Archibald hörte gar nicht hin. Auf seiner Stirn hatten sich tiefe Furchen gebildet. »Das erklärt auch, warum dieser Poltergeist namens Dragomir ständig wissen will, wo ich den Stein vergraben habe.« Er stampfte wütend mit dem Fuß auf. »Dieser Widerling. Rüpelhaftes Benehmen. Spricht mit mir in diesem Befehlston, wie ein Kommandant bei der Armee. Muss wohl daran liegen, dass er zu Lebzeiten in die Schlacht gezogen ist.«

Otto biss auf seine Unterlippe. »Gut, dass du ihm nicht verraten hast, wo der Stein vergraben ist«, meinte er.

»Wie könnte ich denn?« Verzweifelt rieb sich Onkel Archibald die faltige Stirn. »Ich habe ganz ver–« Plötzlich schien die Kommunikation zu stocken. Die Leitung knackste. »Ganz verg–« Konnte es sein, dass die Verbindung schlechter wurde?

»Onkel Archibald? Kannst du mich hören?«, rief Otto und klopfte mit dem Zeigefinger gegen die Kugel. Eine Art Standbild war eingetreten, nichts bewegte sich mehr. Weder kam Rauch aus dem Schornstein noch wippten die Wipfel der Tannenbäume im Wind. Sogar Onkel Archibald sah aus, als hätte er sich in eine Salzsäule verwandelt.

Oh bitte, dachte Otto, nicht schon wieder eine Störung. War der Poltergeist ihnen womöglich hierher gefolgt? Otto bekam augenblicklich eine Gänsehaut und blickte sich in Emilys schwach beleuchtetem Zimmer um. Draußen war es inzwischen dunkel. Der Poltergeist konnte überall stecken. Und jeden Moment zu ihnen sprechen. Otto graute es schon allein vor seiner uralten, kratzigen Stimme.

»Bleib cool, Otto«, meinte Emily, die offenbar gemerkt hatte, dass Otto sich unwohl fühlte. Sie nahm die Kugel in ihre Hände und schüttelte sie erneut. »Es muss bloß wieder in der Kugel schneien. So. Jetzt geht sie wieder.«

Puh. Also doch kein Poltergeist-Alarm.

»Verbindung steht wieder«, verkündete Onkel Archi-

bald. »Aber wir sollten das Gespräch kurz halten, sonst überhitzt sich die Leitung.«

»Alles klar«, bestätigte Otto. »Und wo ist nun der Stein?«

»Das wollte ich dir mitteilen, bevor die Verbindung abgebrochen ist«, sagte Onkel Archibald und seufzte tief. »Otto, ich habe vergessen, wo genau ich ihn vergraben habe. Ich habe dir doch erzählt, dass die Erinnerung an das Diesseits verblasst, je länger man sich im Jenseits aufhält. Tja, sieht ganz so aus, als wäre das in dem Fall passiert.«

Otto schluckte schwer. Das war ja furchtbar. Armer Onkel Archibald. Verlor man im Jenseits tatsächlich sein Gedächtnis?

»Ich kann mich bloß ganz vage an ein paar Dinge erinnern. Eine große Eiche. Und an eine riesige braune Gartenschere. Ein weißes Stofftuch. Und ich weiß noch, dass es an dem Tag, an dem ich den Stein vergraben habe, in Strömen geregnet hat.« Er zögerte. »Das ist leider alles, was mir noch einfällt.«

Otto brummte. Mit der Information über das Wetter konnten sie relativ wenig anfangen. Das mit der Eiche und der Gartenschere war da schon nützlicher. Eichen gab es zwar auf Tante Sharons Grundstück so einige, aber nur eine einzige Gartenhütte, in der sie ihre Gartengeräte lagerte. Trotzdem hatte Otto immer

noch keine Ahnung, wo genau er nach dem Stein suchen sollte.

»Sag mal, Archibald, wie kommt es dann, dass du dich überhaupt noch an Tante Sharon erinnern kannst?«, unterbrach Emily Ottos Gedanken. »Müsstest du sie nicht längst vergessen haben?«

Oh – gute Frage. Otto staunte immer wieder, wie aufmerksam Emily war. Kaum hatte sie die Frage gestellt, schien Onkel Archibald etwas einzufallen. Er schlüpfte in seine Hütte und kehrte wenige Sekunden später mit einem zusammengerollten Blatt Papier zurück. Eilig zog er das Gummiband von der Rolle.

»Sieh nur, Otto. Ich habe Tante Sharon gemalt. Um sie nicht zu vergessen«, sagte er lachend und breitete das Bild vor Otto und Emily aus. Darauf war tatsächlich Tante Sharon zu sehen. Gut, ihre Nase war viel zu groß geraten und ihre Ohren schienen beinahe über die gesamte Längsseite des Gesichts zu gehen. Auf Onkel Archibalds Gemälde sah Tante Sharon aus wie ein knubbelnasiger Elefant. Dennoch war eine gewisse Ähnlichkeit zu erkennen.

»Uaaah«, lästerte Vincent, der auf Ottos Schulter saß und in die Kugel spähte. »An deinem Onkel ist nicht gerade ein DaVinci verloren gegangen. Er sollte wohl besser bei den Naturwissenschaften bleiben. Na ja, ich nehme an, es ist die Geste, die zählt. Ich kann verliebte Menschen irgendwie verstehen.«

Otto hob eine Augenbraue. Blieb zu hoffen, dass Vincents Verknalltheit nur eine Erscheinung des Frühlings war. Da drehten die Hormone von Menschen und Tieren bekanntlich total durch.

»Das Bild hat mir geholfen, Tante Sharon nicht zu vergessen. Ich musste mir nur immer wieder vorsagen, was ich über sie wusste.« Er hielt inne und tippte mit seinem Finger auf seine Lippen. »Zu blöd, dass ich dieselbe Taktik nicht bei dem Australischen Mondschein-Amethyst angewandt habe. Ich hätte mir alle Informationen darüber aufschreiben sollen. Wenn ich wüsste, wo er sich befindet, könntet ihr ihn ausgraben und zerstören.«

»Nicht so schlimm, Onkel Archibald.« Otto hatte noch einen Ersatzplan, und der beinhaltete die Meister aller Geister, den Spezialtrupp des SBI. »Anstatt den Stein zu finden und zu zerstören, könnten wir auch diesen Dragomir einfangen.«

»Ihr? Habe ich richtig gehört?« Jetzt schrie Onkel Archibald förmlich. Seine Augen waren weit aufgerissen und seine Wangen glühten. »Ihr wollt ihn einfangen? Otto, tu das nicht! Das ist gefährlich. Viel zu gefährlich für euch beide. Wenn ihr den Geist tatsächlich ganz allein bezwingen wollt, dann … dann … sende ich Tante Sharon eine Botschaft durch die Pendeluhr und bitte sie … dir Hausarrest zu verpassen. Bis in alle Ewigkeit. Inklusive Schonkost, Fernsehverbot und Handysperre. Ist das bei dir angekommen, junger Mann? Und auch bei dir, Nachwuchs-Geisterforscherin?«

Na, so was. Onkel Archibald konnte ja ganz schön streng sein, wenn er wollte. Andererseits war er bloß um Ottos Sicherheit besorgt. Aber Otto hatte ohnehin nicht vor, dem Poltergeist selbst den Kampf anzusagen.

»Keine Bange, Onkel Archibald«, beruhigte Otto seinen Onkel. »Wir müssen nur die Spezialeinheit des SBI finden und sie dann dazu kriegen, in den Radieschenweg zu kommen. Die besitzen die notwendige Spezialausrüstung und sind für solche gefährlichen Fälle ausgebildet worden. Bestimmt bekommen die Meister aller Geister unseren Dragomir den Grausamen in den Griff«, verkündete Otto und wunderte sich insgeheim, dass er zuversichtlicher klang, als er sich eigentlich fühlte.

Wie um alles in der Welt sollte er nur die Meister aller Geister in den Radieschenweg bringen? Harold hatte gesagt, die Truppe wäre über Monate hinweg ausgebucht und hielte sich zudem sowieso die meiste Zeit über im Ausland auf.

Noch dazu drängte die Zeit. In nur zwei Tagen würde Dragomir der Grausame erneut bei Otto auf der Matte stehen und nach seinem magischen Stein fragen.

In zwei Tagen wünschte sich Otto Dragomir allerdings bereits in einem Gurkenglas, fest verschraubt, etikettiert und ohne Rückfahrschein auf dem Weg ins Jenseits.

Der Brutale Baron

Leider hatte Otto nicht den leisesten Schimmer, wie er die Meister aller Geister kontaktieren konnte. Emily und er hatten den Begriff »Meister aller Geister« bereits in alle möglichen Suchmaschinen eingegeben, aber leider hatte das Internet nichts Brauchbares geliefert.

Der nächste Schultag fiel für Recherchen ebenfalls flach. Seit dem neuen Schulhalbjahr hatten die beiden als Ersatz für Mr Lewis, der in Frührente gegangen war, eine neue, ziemlich strenge Geschichtslehrerin namens Mrs Nilson bekommen. Sie war bekennender Fan der Lehrmethode, Schüler Geschichte hautnah erleben zu lassen. In nur einem Monat hatte sie bereits vier Exkursionen angesetzt, doch während die Ausflüge zunächst nach Spaß geklungen hatten, empfand Ottos Klasse sie inzwischen als lästige Pflicht. Vor allem, wenn die Exkursionen den ganzen Tag dauerten und der Reisebus erst abends zurückkehrte. Und wenn man Besseres zu tun hatte. Wie zum Beispiel die Welt vor einem außer Kontrolle geratenen Poltergeist zu retten und nebenbei zu verhindern, nach London umziehen zu müssen.

Diesen Morgen ging es, es war schon beinahe Ironie, ausgerechnet nach London. Inzwischen war die Klasse mit dem Lehrstoff bei der englischen Neuzeit angelangt und beschäftigte sich mit Shakespeare und Heinrich dem Achten. Da war eine Exkursion zum Tower Pflicht. Immerhin war der Tower zu dieser Zeit das größte und berüchtigtste Gefängnis Englands gewesen und so einige berühmte Verbrecher hatten dort eingesessen.

»Hey, Otto, na, die heutige Exkursion dürfte ja ganz nach deinem Geschmack sein.« Stans rundes Gesicht tauchte in dem schmalen Spalt zwischen Ottos und Emilys Sitz auf. »Immerhin soll es im Tower doch spuken. Hunderte Verbrecher wurden dort hingerichtet.« Er riss die Augen auf. »Bestimmt treiben ihre Geister dort noch ihr Unwesen. Hahaha! Mach dir lieber nicht in die Hose, mein Lieber.«

»Klappe, Stan!«, giftete Emily zurück. »Der Tower ist das geschichtsträchtigste Gebäude in ganz England, und ich würde mich an Ottos Stelle zehnmal lieber mit einem toten König oder meinetwegen auch mit einem Schur-

ken unterhalten als auch nur eine Minute länger mit dir, du Hirni.« Dabei tastete Emily vorsichtig ihre Jackentasche ab, wohl um sich zu vergewissern, dass sie Onkel Archibalds Geisterbrille dabeihatte.

Otto konnte sich gut vorstellen, was Emily vorhatte. Sie würde bestimmt alle berühmten, dort herumspukenden Persönlichkeiten interviewen: Heinrich den Achten natürlich, und dann noch alle seine Frauen. Wahrscheinlich würde sie sich sogar Notizen machen und versuchen, geheime Informationen über die Personen zu erhalten, die nach deren Tod verloren gegangen waren. Damit könnte die Geschichte gänzlich neu geschrieben werden.

»Oh, misch dich nicht ein, Emily«, motzte Stan. »Wenn es dort wirklich Geister gibt, laufen die doch eher vor dir weg. Vor deinen Klamotten und deinen gruseligen verschiedenfarbigen Augen kriegen sogar kettenrasselnde Gespenster Angst.« Dann wandte er sich wieder Otto zu. »Bestimmt hat man in den Wänden Menschen eingemauert. Uaaaah! Na, schlotterst du schon, Otto? Vielleicht können du und deine Tante ja auch in den Tower ziehen, wenn ihr bald in London wohnt. Hab gehört, im Kerker ist noch ein Zimmer für dich frei. Ratten inklusive. Die könnt ihr euch ja dann grillen, schmecken bestimmt – *AUAAAAAAA*!«

Stan verzog das Gesicht vor Schmerz. Emily war aufgestanden und hatte ihn am Ohr gepackt.

»Lass los, du Kröte!« Stan riss sich los. »Mein Ohr tut immer noch weh, weil mich neulich diese verdammte Fledermaus gebissen hat.«

»Und die wartet schon darauf, dir ins andere Ohr beißen zu können«, flüsterte Vincent aus Ottos Rucksack und schmatzte genüsslich. »Dann kannst du endlich Ohrringe tragen, du Mädchen.«

»Was? Wer hat das gesagt?«, rief Stan und sah sich irritiert um. »Otto, warst du das?«

Otto verkniff sich ein Lachen. »Ich habe nichts gehört«, antwortete er mit todernster Miene. Ein kleiner Spaß musste sein und Stan hatte es verdient. Otto musste nur aufpassen, dass es nicht noch einen Fledermaus-Zwischenfall gab. Selbst wenn er Vincent verboten hätte, zur Exkursion mitzukommen, seine Hausfledermaus hätte sich sowieso nicht daran gehalten. Schon gar nicht, nachdem sie herausgefunden hatte, dass Ms Singh als zusätzliche Begleitlehrerin mitfuhr.

»Otto, ich glaube, Stan halluziniert«, kicherte Emily, während der Bus auf den Parkplatz einbog. Otto hätte zu gern Stans dummes Gesicht fotografiert, aber er beschloss, es lieber dabei zu belassen.

Als der Schulbus endlich hielt, hieß es für die Klasse erst einmal Schlange stehen. Vincent war das natürlich viel zu langweilig, weshalb er sich schon währenddessen auf Erkundungstour durch das alte Gemäuer begab und dabei ein paar fette Tauben erschreckte. Als ihn allerdings ein ganzer Schwarm Raben attackierte, wurde es ihm zu bunt und er verkündete, er werde sich lieber schon einmal ins Innere des Towers verziehen. Dort schien es in beinahe jeder Ecke eine Menge wohlschmeckender Insekten zu geben. Otto war ganz froh, dass Vincent Ms Singh in Ruhe ließ.

Es war beinahe Mittag, als die Führung endlich losging. Zuerst besichtigten sie die Kronjuwelen Englands, über die die neue Geschichtslehrerin ewig lange schwafelte – was Stan offenbar zu Tode langweilte, denn er gähnte ungeniert. Dann ging es weiter durch die früheren Königsgemächer, an einer ziemlich beeindruckenden Schwertsammlung vorbei, bis hinauf in einen der vielen Türme, der früher als streng bewachtes Gefängnis gedient hatte.

Ottos Gruppe war inzwischen in einem Ausstellungsraum mit Ritterrüstungen angelangt. Eigentlich waren die Dinger gar nicht so uninteressant. Otto überlegte gerade, wie viel wohl eine ganze Rüstung wog, da tippte ihm Emily auf die Schulter. »Otto, komm mit. Ich habe etwas entdeckt.«

»Hm?« Otto ließ Mrs Nilson für einen Moment aus den Augen. Sie sprach gerade über alle Arten von Waffen, die Ritter so mitgeführt hatten, vom Morgenstern bis hin zu üppig verzierten Schwertern. »Was ist denn, Emily?«

»Das musst du dir unbedingt ansehen. Da drüben, im nächsten Ausstellungsraum«, drängte sie und zupfte an Ottos Ärmel. Erst jetzt sah Otto genauer hin und bemerkte, dass Emily ihre Geisterbrille trug.

»Mrs Nilson hat gesagt, wir müssen bei der Gruppe bleiben«, murmelte er und sah sich um. Die ganze Klasse lauschte aufmerksam dem Vortrag über die Schwerter, während eine Mitarbeiterin des Towers eine der eisernen Waffen hochhob. Die spitze Klinge schien selbst Stan zu beindrucken.

Otto gab sich einen Ruck. »Obwohl, was soll's.« Sie gingen schließlich bloß in den nächsten Raum und blieben ganz in der Nähe der Gruppe. Es war ja nicht so wie damals in Scaryland, als sich Otto und Emily einfach in die Festung der Finsternis gestohlen hatten, die am anderen Ende des Geländes gelegen hatte. Außerdem sprach ja nichts dagegen, sich selbst ein bisschen umzusehen.

Emily zog Otto in einen schmalen fensterlosen Raum, der nur von einzelnen Spots an der Decke erhellt wurde. Auf den Regalen reihten sich Ritterhelme aneinander.

Emily zeigte auf einen schweren silbernen Ritterhelm, ein wuchtiges, topfartiges Ding mit nur zwei kleinen Schlitzen für die Augen und einem Kreuzsymbol, das sich über die Vorderseite zog. Um die Mundgegend befanden sich einige Luftlöcher.

»Topfhelm, dreizehntes Jahrhundert«, las Otto laut vor.

»Aus Eisenblech, gepolsterte Innenseite.« Otto trat einen Schritt näher. »Und was ist daran so besonders … Oh!«

Emily musste gar nicht erst antworten. Kaum hatte sich Otto den Helm näher angesehen, wusste er, was sie gemeint hatte – und ebenso, warum sie ihre Geisterbrille trug. Aus dem Inneren des Helmes glühte es hellrot hervor.

»Ach du Schande«, krähte Vincent, kletterte auf Ottos Kopf und sah sich den Helm an. »Schaut euch das mal an. Da drin hat sich ein Feuerball versteckt. Eine Seele. Na, das ist ja mal eine Überraschung. Jetzt sieht der Helm aus wie ein Kürbis an Halloween, haha!«

Otto schluckte. Auch wenn Vincent die Sache lustig fand, ihn beschlich ein mulmiges Gefühl. Jetzt, als er genauer hinsah, war ihm, als glühte der Ball in dem Helm noch viel intensiver als Mr Olsens Feuerball damals, in der Nacht, als Otto Harold zum ersten Mal begegnet war.

Otto fröstelte und schlang sich seine Jacke fester um den Körper. Obwohl heute ein sonniger Tag war, war es in diesem alten Gemäuer eisig kalt.

»Was meinst du, soll ich den Helm hochziehen?«, überlegte Emily. »Und, bevor du etwas sagst: Ja, ich weiß, dass das Berühren der Ausstellungsobjekte hier strengstens verboten ist. Und dass es hier Überwachungskameras gibt.« Ihr Blick fiel ins Eck, dann zog sie Otto etwas unsanft an ihre rechte Seite. »Deshalb musst du genau hier stehen bleiben und mich vor der Linse der Kamera verdecken. Noch etwas weiter links. Ja, genau so. Nicht bewegen.«

Genau in dem Moment, in dem Emily ihn berühren wollte, begann der Ritterhelm, sich wie von Geisterhand zu bewegen. Er wackelte von rechts nach links, erst ganz sachte, dann zuckte der gesamte Helm, dass die Regale knarzten. War es etwa der Feuerball, der das anstellte?

Otto hatte den Gedanken kaum zu Ende gedacht, da ertönte ein ohrenbetäubendes Scheppern. Der Helm war vor Ottos und Emilys Füßen auf den Boden gekracht. Otto schnappte nach Luft.

»Ach du meine Güte!«, zischte Emily und wich instinktiv einen Schritt zurück. »Otto, hast du das gesehen? Das war die Seele. Die hat das gemacht.«

Nun, da der Ritterhelm zu Ottos und Emilys Füßen lag, war es der Seele ein Leichtes, sich zu befreien. Sie schlüpfte aus der Halsöffnung, verharrte noch eine Weile direkt vor Ottos und Emilys Gesichtern, dann schwebte sie auf einen niedrigen steinernen Türbogen zu, der ins enge Treppenhaus führte.

Otto wollte sich gerade bücken, um den Helm aufzuheben, als ihn eine Stimme herumfahren ließ.

»Hat man euch denn in der Schule nicht das Lesen beigebracht?«, knurrte jemand hinter ihnen. Otto sah sich plötzlich einem dicklichen glatzköpfigen Museumswärter gegenüber, der mit der Antenne seines Walkie-Talkies an ein Blechschild klopfte. *Die Ausstellungsstücke keinesfalls berühren*, war dort in allen möglichen Sprachen verzeichnet.

Mist! Otto ließ von dem Helm ab und spürte, wie ihm die Röte ins Gesicht stieg. Bestimmt dachte der Typ, Otto hätte den Helm absichtlich heruntergeworfen. Und zu allem Übel tauchte jetzt auch noch Mrs Nilson in der anderen Tür auf. Sie sah ziemlich sauer aus.

Der Museumswärter nahm Otto und Emily an der Schulter und wandte sich Mrs Nilson zu. »Gehören die zu Ihnen?«

»Leider ja«, brummte Mrs Nilson mürrisch und bedachte Otto und Emily mit einem vorwurfsvollen Blick.

»Mrs Nilson, es ist nicht so, wie es aussieht«, verteidigte sich Emily und nahm die Geisterbrille ab. Sie deutete auf den Helm, der immer noch auf dem Steinboden lag.

»Dieser Helm ist von ganz alleine heruntergepurzelt.« Da schien ihr einzufallen, dass ihre Geschichte nicht ganz glaubwürdig klang, also deutete sie kurzerhand auf das offene Fenster. »Ein … äh … kräftiger Windstoß hat den Helm auf den Boden befördert. Ehrlich.«

Der Wachmann schnaubte. »Ein Windstoß? Das Ding wiegt mindestens vierzig Pfund und hat sich seit siebenhundert Jahren hier nicht wegbewegt. Das müsste schon ein mittelschwerer Orkan gewesen sein.« Wie zum Beweis zeigte der Mann zum Fenster, durch das die Sonne schien. Einige Vögel zwitscherten. Keine Spur eines Unwetters oder auch nur einer einzigen Regenwolke, und das war wirklich eine Seltenheit in England.

Verdammt!

»Die Wahrheit, Kinder«, ermahnte Mrs Nilson sie jetzt mit strengem Blick. »Manchmal ist es besser, zu beichten.«

»Aber wir waren das nicht!«, beharrte Emily. »Sie haben recht, das mit dem Windstoß war natürlich kompletter Blödsinn. In Wahrheit hat sich … ein … ein Eichhörnchen im Helm versteckt und ihn mit zu Boden gerissen.«

Eigentlich war diese Ausrede ziemlich nah an der Wahrheit, aber der Wächter quittierte sie nur mit einer hochgezogenen Augenbraue. Zum Glück hatte ihm Emily nicht die Geschichte mit der glühenden Seele erzählt.

Der Typ hätte sich vermutlich vor Lachen auf dem Boden gekrümmt.

»Otto?« Mrs Nilson sah ihn nun eindringlich an, als hoffte sie zumindest bei ihm auf noch ein bisschen Vernunft. »Was ist wirklich passiert? Ihr könnt doch nicht ernsthaft annehmen, dass wir euch die Geschichte mit dem Windstoß glauben. Oder die mit dem Eichhörnchen.«

»Okay, ich gebe es zu. Es war …« Beschämt senkte Otto den Blick und starrte auf die polierten Schuhe des Wachmanns. Er war schon drauf und dran, die Schuld auf sich zu nehmen, da spürte er plötzlich zwei Krallen in seinem Rücken. Etwas Kleines, Pelziges krabbelte seinen Nacken hoch. Im nächsten Moment stieß sich das Etwas von Ottos Hals ab und flatterte durch den Raum. Vincent. Otto kam eine Idee. »Es war … eine Fledermaus. Diese Fledermaus da!«

»Oh, wie niedlich«, rief Ms Singh, die hinter Mrs Nilson aufgetaucht war. Entzückt betrachtete sie Vincent, der an der Decke seine Kreise zog. »Eine Fledermaus. Ich liebe Fledermäuse. Und die sieht ja fast genauso aus wie das süße Ding, das sich neulich in meinen Kunstunterricht verirrt hat. Deren Flügel waren genauso zerfleddert.«

Doch Mrs Nilson schien dafür kein Verständnis zu haben. Vielleicht mochte sie auch keine Fledermäuse. »Selbst

wenn die Fledermaus für den Krach verantwortlich war«, sagte sie und rümpfte die Nase, »ihr beide wusstet ganz genau, dass ihr bei der Gruppe zu bleiben habt.«

»Wir können ganz leicht feststellen, ob die Geschichte mit der Fledermaus stimmt.« Der dicke Wachmann deutete auf die Kamera im Eck. »Wir sehen uns einfach die Überwachungsbilder an. Und am besten begleitet ihr zwei mich dazu in den Personalraum. Damit ihr mir nicht abhandenkommt.« Er wandte sich Mrs Nilson zu. »Und Sie können die beiden Rabauken dann nach der Führung am Eingang abholen.«

Otto schluckte schwer, während der Wachmann Emily und ihn vorangehen ließ, quer durch den Ausstellungsraum, unter dem steinernen Türbogen hindurch, zurück ins enge Treppenhaus. Na großartig. Wenn Otto sich vorhin tatsächlich richtig vor das Sichtfeld der Kamera gestellt hatte, während Emily den Helm heben wollte, wäre Emily nicht auf dem Band zu sehen und der Verdacht würde geradewegs auf sie fallen. Und wenn die Kamera doch das ganze Geschehen aufgezeichnet hätte, würde das Video einen wie durch Zauberhand wackelnden Helm zeigen. Otto fragte sich gerade, was ihm eigentlich lieber wäre. Wahrscheinlich war beides ziemlich schwer zu erklären.

In dem Walkie-Talkie des Wachmannes knatterte es. Er blieb auf der gewundenen Steintreppe stehen. »Al-

fred, bitte kommen«, ertönte eine tiefe Männerstimme. »Hier ist Roger aus dem Überwachungsraum. Ich habe da zwei Jugendliche im zweiten Stock mit Schokoladeneis auf dem Schirm, hörst du? Süßigkeiten sind verboten. Einer trägt eine Baseballkappe, der andere eine neongelbe Jacke.« Der Kerl am anderen Ende der Leitung räusperte sich und es klang, als würde er gerade ein Sandwich futtern. »Mahn die beiden ab, und wenn sie sich nicht daran halten, schmeiß sie raus.«

»Ich kann jetzt nicht«, knurrte der Wachmann, der offenbar Alfred hieß, zurück. »Hab hier selbst zwei Unruhestifter an meiner Seite. Funk mich in einer halben Stunde wieder an, ja? Dann hab ich Zeit dafür.«

Der andere Kerl knurrte unzufrieden. »Da hab ich aber Mittagspause, Alfred. Kümmere dich später um die beiden und mach erst die Sache mit dem Schokoladeneis klar. Im Festsaal hängen Samtvorhänge von Königin Elisabeth I., wenn da Eis drauftropft, sind wir beide um einen Kopf kürzer. Verstanden?«

»Roger«, erklärte Alfred.

»Ja? Was denn noch?«

»Äh, ich meinte, äh, alles klar«, antwortete Alfred, steckte das Walkie-Talkie zurück an seinen Gürtelbund und blickte Otto und Emily etwas säuerlich an. »Wartet hier. Und bewegt euch nicht vom Fleck. Ich bin in einer Minute zurück.«

Dann wandte er sich um und wackelte über die Wendeltreppe hinauf in den zweiten Stock.

»Oh Mann«, jammerte Emily und blickte etwas frustriert auf ihre Schnürstiefel. »Ich hasse Exkursionen. Wir schaffen es einfach nie, uns unauffällig zu verhalten. Jedes Mal bekommen wir Ärger.« Sie schien zu überlegen. »Was meinst du, sollen wir abhauen?«

Otto beantwortete ihre Frage nicht. »Emily, hörst du das?« Ein merkwürdiges Geräusch aus einem nebenan liegenden Raum hatte seine Aufmerksamkeit gefangen genommen. Es klang wie ein lautes Dröhnen und Vibrieren, ein bisschen wie die Lichtschwerter in den *Star Wars*-Filmen. Kurz darauf erhellte ein blauer Schein den Raum.

»Was?« Emily folgte Ottos Blick. »Ich höre nichts.«

»Da!« Nun sah Otto auch noch eine schwarze Gestalt durch den Raum flitzen. In den Händen hielt das Wesen ein langes, stielförmiges Ding, das aussah wie eine hellblau glühende Sense. Wer um alles in der Welt war das?

»Komm mit«, flüsterte Otto und zog an Emilys Bluse. »Und setz deine Brille wieder auf. Denn wenn nur ich es gesehen habe, spricht das dafür, dass dieses Wesen hier eigentlich unsichtbar ist.«

»Du meinst … ein Geist?«, flüsterte Emily und folgte Otto drei Stufen weiter nach oben, bis vor den Durchgang in den besagten Raum, in dem Otto das merkwürdige Treiben wahrgenommen hatte. Hinter der Mauer blieben sie stehen und spähten um die Ecke.

»Nein. Ich spreche von einem Sensenmann«, wisperte Otto.

»Cool«, zischte Emily. »Wobei, ist ja auch logisch. Wir haben ja vorhin im Helm eine Seele entdeckt. Bestimmt ist der Sensenmann hinter ihr her.« In diesem Moment durchquerte die dunkle Gestalt erneut Ottos und Emilys Blickfeld. In der Hand trug sie eine Waffe, die aussah wie eine gigantische Wasserpistole. Über dem Lauf der Waffe befand sich sogar ein kleiner grüner Tank.

Emily riss die Augen auf. »Ach du liebe Güte, das soll ein Sensenmann sein?«

Emily hatte recht. So ein mysteriöser Sensenmann war Otto in der Tat noch nie begegnet. Abgesehen von der seltsamen grünen Pistole hatte er noch mehrere Waffen dabei, die Otto an Harold noch nie gesehen hatte. Zum Beispiel eine Art Handstaubsauger, die an seinem Gürtel baumelte, dazu etwas, das aussah wie ein hoch entwickeltes Schmetterlingsnetz. Zudem steckte der knochige Typ nicht in einer einfachen Kutte, sondern trug einen schwarzen Anzug mit passender dunkler Sonnenbrille und über dem Schädel eine schwarze Kapuze. Lediglich die Sense in seiner Hand verriet Otto den Beruf des Typen – auch wenn dieses Sensenmodell deutlich cooler aussah und im Dunkeln hellblau leuchtete.

Und nun gesellte sich auch noch eine zweite, beinahe identisch aussehende Gestalt dazu. Sie war genauso gekleidet, jedoch wirkte ihr Körperbau um einiges schmaler als der der ersten Gestalt.

»Stopp!«, rief die kleinere Gestalt mit einer hellen Stimme. Dabei richtete sie die grüne Wasserpistole auf einen Punkt, den Otto bei genauerem Hinsehen als die Seele von vorhin identifizieren konnte. »Du hältst dich wohl für sehr schlau, Chester Lewis der Dritte! Dich nach deinem Tod aus dem Staatsgefängnis zu verabschieden und in den Tower zu flüchten. Wo niemand mehr nach einer kürzlich entstandenen bösen Seele sucht.« Die schwarze Gestalt, die ganz offensichtlich weiblich war, schnaubte. »Oder soll ich dich besser mit dem Namen ansprechen, den dir die Medien verliehen haben? Der Brutale Baron?«

Emily atmete hörbar ein. »Davon habe ich in der Zeitung gelesen«, wisperte sie Otto zu. »Ein alter Adeliger hat vor einigen Jahren seinen eigenen Gärtner umgebracht, weil der ihn angeblich bestohlen hatte.« Emily blickte Otto an. »Danach wurde der Baron eingebuchtet.«

»Und jetzt muss er wohl verstorben sein«, flüsterte Otto zurück. »Ich hatte gleich das Gefühl, dass mit der Seele in dem Helm was nicht gestimmt hat.«

»Schnell, Gundula!«, rief nun der erste Sensenmann. »Schieß! Die Seele will uns entwischen.«

Im nächsten Moment trat eine grüne Flüssigkeit aus dem Lauf der Pistole. Sie erwischte den Feuerball, dessen rotes Licht daraufhin schwächer wurde, bis er zu Boden sank.

»Jetzt du, Brutus«, forderte die Frau namens Gundula ihren Partner auf, woraufhin der sein Schmetterlingsnetz zückte, das plötzlich wie von selbst ausfuhr. »Schnapp ihn dir.«

Brutus wollte gerade ausholen, da kam wieder Leben in die Seele. Mit einem Hakenschlag entwischte sie Brutus, raste empor zur Decke und dann wieder zu Boden, immer wieder, bis sie die Richtung änderte und geradewegs auf Otto und Emily zuschoss.

»Halte ihn auf, Gundula!«, schrie Brutus aus Leibeskräften. »Er will zum Ausgang.«

Geistesgegenwärtig sprang Otto aus seinem Versteck und baute sich vor dem Türbogen zum Treppenhaus auf. In Windeseile ließ er seinen Rucksack von den Schultern gleiten und hielt ihn sich wie einen schützenden Panzer vor seine Brust.

Der Feuerball legte eine Vollbremsung hin, doch es

war zu spät. Mit voller Wucht knallte die glühende Seele gegen den Rucksack, glitt zu Boden und blieb regungslos vor Ottos Füßen liegen.

Gundula und Brutus hielten inne und starrten Otto an. Vermutlich fragten sie sich gerade, wie ein normaler menschlicher Junge denn überhaupt eine Seele, und nicht weniger verwunderlich, zwei SBI-Mitarbeiter sehen konnte. Und wer das Mädchen mit der seltsamen Brille war, das neugierig um die Ecke guckte.

»Nicht anfassen«, rief ihm Gundula schließlich zu. »Fass die Seele auf keinen Fall an, Junge.« Sie machte einen Schritt auf Otto zu. »Wie in aller Welt hast du das überhaupt gemacht? Normalerweise wäre dieses Ding einfach durch dich hindurchgeschossen.«

»Meine Tante hat mir für den heutigen Ausflug mindestens zehn Brote in Alufolie eingewickelt«, erklärte Otto und musste grinsen. Dass sie damit aus seinem Rucksack einen exzellenten Geisterschutzschild gemacht hatte, ahnte Tante Sharon bestimmt nicht.

»Oh. Interessant«, murmelte die Frau und betrachtete Otto neugierig, als versuchte sie, sich einen Reim auf das alles zu machen. Dann näherte sie sich auf Zehenspitzen dem Feuerball, griff über ihre Schulter, zog ihren Mini-Staubsauger hervor und saugte damit den Feuerball ein. »Ha! Hab ich dich endlich, Brutaler Baron. Und jetzt bring mir ein Glas, Brutus. Aber ein Hochsicherheitsglas aus Blei, wenn ich bitten darf. Ich habe keine Lust, dass mir so eine widerspenstige Seele erneut ein normales Gurkenglas in tausend Scherben sprengt.«

»Schon da, Gundula.« Brutus hielt ihr ein silbern glitzerndes Gefäß hin, das ganz anders aussah als die Gurkengläser, die Harold benutzte. Das Ding hatte etwas von einem Marmeladenglas aus der Zukunft. Oder vielleicht auch von einem Mini-UFO. »Daraus sollte er nicht mehr entkommen können, bis wir ihn im Jenseits abgeladen haben«, stellte Gundula zufrieden fest.

Gespannt sahen Otto und Emily zu, wie Gundula und Brutus den Feuerball aus dem Minisauger mit vereinten Kräften in das bleierne Gefäß beförderten, den Deckel fest zuschraubten und danach einen roten Sticker mit der Aufschrift: *Achtung! Gefahrgut!* auf das Glas klebten.

Gefahrgut? Das hatte er bei Harold auch noch nie gesehen … Gerade als Otto einen Moment länger darüber nachdachte, traf ihn die Erkenntnis wie ein Blitz. Das waren … die Meister aller Geister! Natürlich! Warum war ihm das nicht früher eingefallen? Bei dem Brutalen Baron handelte es sich zweifelsohne um einen Poltergeist, immerhin hatte er zu Lebzeiten einen Mord begangen. Deshalb waren die Meister aller Geister überhaupt erst hinter ihm her.

Das war ja abgefahren. Die beiden Typen sahen noch

viel cooler aus, als sich Otto die Spezialtruppe aufgrund von Harolds Erzählungen vorgestellt hatte. Kein Wunder, dass Harold auf die Meister aller Geister neidisch war. Abgesehen von ihrer aufregenden Ausrüstung trugen die beiden nämlich keine altmodischen Kutten so wie Harold, sondern dunkle maßgeschneiderte Anzüge. Mit ihren dazu passenden Sonnenbrillen wirkten sie ein wenig wie die *Men in Black*.

»Und jetzt zu euch, Kinder.« Kaum hatte Gundula den Brutalen Baron luftdicht verschlossen, wandte sie sich Otto und Emily zu. »Was seid ihr denn für Kreaturen? Lebende, die Sensenmänner sehen können? So was ist uns bisher noch nie begegnet. Brutus und ich befinden uns doch gar nicht im Sichtbar-Modus.«

»Pah.« Emily wagte sich ein paar Schritte auf ihr Gegenüber zu. »Kreaturen? Wir sind Menschen, wenn ich bitten darf.« Sie fegte sich energisch eine braune Strähne aus der Stirn. »Und wer oder was sind denn Sie? Etwa eine … eine Sensenmännin?«

»Beinahe richtig, Schätzchen. Ich bin eine Sensenfrau.« Gundula verschränkte die knochigen Arme. Unter ihrer Kapuze erkannte Otto weder lange Haare noch sonstige Merkmale eines weiblichen Körpers, trotzdem handelte es sich zweifelsohne um eine Frau. Nicht nur ihre Stimme und ihr Name, sondern auch ihre Bewegungen verrieten es. Auch wenn ihr restliches Auftreten alles andere als damenhaft war – eigentlich verhielt sie sich sogar ziemlich ruppig.

»Ich bin Otto. Und das ist meine beste Freundin Emily«, stellte Otto sich und seine Freundin vor. »Wir sind eigentlich stinknormale Menschen … na ja, bis auf meine seltsame Fähigkeit, Geister sehen zu können. Das schließt auch Sensenmänner mit ein, wie ihr ja schon festgestellt habt.« Als er Gundulas argwöhnischen Blick bemerkte, fügte er schnell hinzu: »Und Sensenfrauen natürlich. Außerdem ist mein bester Kumpel Harold auch ein Sensenmann. Manche nennen ihn auch ›Scary Harry‹. Er hat uns erst neulich von euch erzählt. Von den Meistern aller Geister.«

»Scary Harry.« Bei dem Namen schien es in Gundulas Kopf zu klingeln. Und so wie sie den Namen aussprach, schien sie Harold nicht gerade zu mögen. »Den kenne ich. Mit diesem Vogel habe ich mich erst letzte Woche in der Kantine um die letzte Knackwurst gestritten.« Sie seufzte tief. »Aber dann habe ich sie ihm doch überlassen. Er hat mir leidgetan, immerhin ist er mit seiner rollenden Rostlaube schon arm genug dran. Na ja, bessere Dienstautos fahren eben nur Sensenmänner, die auch Arbeit verrichten und nicht nur faul herumhängen.«

Otto biss sich auf die Unterlippe und hoffte, dass Harold Gundula in diesem Augenblick nicht hören konnte, wo auch immer er sich gerade aufhielt.

»Gundula, genug geplaudert. Wir müssen weiter«, erinnerte Brutus seine Kollegin und tippte auf eine silbern glänzende Uhr an seinem knochigen Handgelenk. »Wir stehen heute ziemlich unter Zeitdruck.«

»Zeitdruck?«, echote Gundula ungehalten. Otto war, als rollte sie mit den Augen. »Brutus, ich bin seit dreihundertfünf Jahren tot, ich habe keinen Zeitdruck mehr.« Sie warf ihrem Kollegen einen verärgerten Blick zu. »Wohin geht es denn diesmal? Etwa wieder zurück nach Italien? Ich dachte, wir hätten inzwischen alle Mafiosi eingefangen.«

Endlich begriff Otto, welche Chance sich ihm bot. Vor lauter Begeisterung, dieser abgefahrenen Spezialtruppe des SBI zu begegnen, hätte er beinahe vergessen, dass er in der Klemme steckte. Er musste Gundula und Brutus unbedingt dazu überreden, in den Radieschenweg zu kommen, Dragomir den Grausamen einzufangen und ihn auch in so ein Hochsicherheits-Gurkenglas zu sperren. Und das möglichst bald.

»Also dann, Kinder.« Gundula hob die knochige Hand zum Abschied. »Besten Dank für die Unterstützung, was die Jagd auf unseren Brutalen Baron betrifft.« Sie klopfte auf den Deckel des bleiernen Gurkenglases. »Nach eurem Tod könnt ihr euch ja auch für unsere Spezialeinheit bewerben. Wir brauchen immer ein paar Jungspunde. Und jetzt –«

»Wartet«, rief Otto und stürmte auf Gundula zu. »Ihr dürft noch nicht gehen. Wir haben einen Auftrag für euch.«

»Einen äußerst dringenden«, fügte Emily hinzu.

»Bei uns im Radieschenweg haust ein Poltergeist.« Otto bemühte sich, möglichst verzweifelt zu klingen. »Und Emily und ich haben furchtbare Angst.«

»Du Quatschkopf, wir haben doch keine Angst vor diesem Dragomir«, zischte Emily verdutzt, aber Otto verpasste ihr einen Stups in die Seite. Emily verstand. »Äh, ja, wir schlottern, wir können kaum noch schlafen. Sie müssen uns von diesem Spuk befreien.«

Gundula hielt inne und gab ein Geräusch von sich, das klang wie ein Kichern. »Einen Auftrag? Da müsst ihr euch hinten anstellen, Freunde.« Sie griff in die Brusttasche ihres Blazers, zog einen kleinen Terminplaner heraus und blätterte eine Seite nach der anderen durch. »Mal sehen. Termine, Termine, Termine.« Sie überlegte. »Hier haben wir Urlaub. Hier ist Jahreshauptversammlung des SBI und da ist Tag des Sensenmanns, unser internationaler Feiertag, der fällt ja wohl leider auch flach. Dann folgen Weiterbildungen, eine Schulung zur richtigen Seelenfänger-Verwendungstechnik und –« Sie blickte vom Kalender auf. »Oh, da habe ich eine Lücke für euch frei. Am einundzwanzigsten Oktober des Jahres 2145. Zwischen zehn Uhr morgens und dem Lunch in der SBIKantine quetsche ich euch einfach rein. Na, wie klingt das?«

»Das ist in hundertdreißig Jahren!«, rief Emily aufgebracht. »Da sind wir längst tot.«

»Na, umso besser«, jubelte Gundula, machte ein paar Schritte auf Otto zu und kniff ihn mit ihren knochigen Finger in die Wange. »Dann wird euch ein Poltergeist auch nicht mehr stören. Seht ihr, ist doch alles halb so schlimm.«

Das konnte doch nicht ihr Ernst sein! Vor Empörung hätte Otto am liebsten geschrien. Was fiel diesen beiden Sensenmännern eigentlich ein? Otto hatte ihnen dabei geholfen, den Brutalen Baron zu fangen, und jetzt ließen sie ihn und Emily einfach im Regen stehen. Es war einfach nicht zu fassen.

»Das können Sie nicht tun!«, beschwerte sich Emily lautstark, doch da hatten Gundula und Brutus bereits ihre Smartphones gezückt.

»Macht's gut«, flötete Gundula, bevor sie die Rückhol-App aktivierte und beide Sensenmänner sich vor Ottos und Emilys Augen auflösten.

»Bleibt gefälligst hier!«, rief Otto noch, doch die beiden Gerippe hörten ihn nicht mehr. Im selben Augenblick legte sich eine Hand auf seinen Rücken.

Otto fuhr herum und starrte in ein bekanntes Gesicht.

Auweia! Der Wachmann war zurück. Den hatte Otto beinahe vergessen.

»Hatte ich euch nicht gesagt, ihr sollt im Treppenhaus auf mich warten?« Er klang ungehalten, während er an zwei Tüten Schokoladeneis leckte – vermutlich genau die, die er den Jugendlichen gerade weggenommen hatte. Am Kragen hatte er sich sogar schon damit vollgekleckert.

»Entschuldigung«, murmelte Emily beschämt.

»Euch macht es wohl besonders großen Spaß, euch allen Regeln zu widersetzen.« Misstrauisch blickte er sich in dem Raum um, doch die Ritterrüstungen standen alle ordnungsgemäß an der Wand. Zum Glück hatte die Seele des Brutalen Barons hier keine Verwüstung angerichtet. »Und jetzt ab in den Überwachungsraum«, bellte er. »Dann werden wir ja sehen, was ihr beiden Rabauken mit dem Helm tatsächlich angestellt habt.«

Eine gelungene Vorstellung

Otto und Emily konnten von Glück sagen, dass die Sache mit der Videoaufzeichnung glimpflich ausgegangen war. Auf dem Überwachungsband war bloß Ottos Rücken zu sehen gewesen. Weder eine Fledermaus noch Emilys Hand oder gar ein glühender Seelenball. So fiel es dem Wachmann schwer, Ottos und Emilys Schuld zu beweisen. Er hatte ihnen bloß eingeschärft, nie wieder Hand an die wertvollen Ausstellungsstücke zu legen, und sie schließlich nach draußen entlassen. Vor den Toren des Towers hatten sie Vincent aufgesammelt und danach eine geschlagene Stunde warten müssen, bis der Rest ihrer Klasse mit der Führung fertig und durch das Tor nach draußen spaziert war.

Als sie endlich in den Bus einstiegen, gab Mrs Nilson zwar zu, ihnen die Geschichte mit dem Helm und der

Fledermaus zu glauben, hielt ihnen aber trotzdem einen ellenlangen Vortrag darüber, wie enttäuscht sie darüber war, dass sie sich einfach so während der Führung von der Gruppe davongestohlen hatten. Besonders von Emily hatte sie das nicht erwartet.

»Tut uns leid«, sagte Emily schuldbewusst und ließ sich auf einen Sitz im Bus plumpsen. Sie schien nach einer plausiblen Ausrede zu suchen, während sich der Bus langsam in Bewegung setzte. »Aber wir … ähm, also wir haben eben diese kleine süße Fledermaus entdeckt. Und dann sind wir dem Tier durch die Ausstellung gefolgt. Die Fledermaus ist dann in den Helm geklettert, und was danach geschah, wissen Sie ja.«

»Oh, die Fledermaus«, mischte sich Ms Singh ein, die neben Mrs Nilson saß. Ihre Augen hatten einen verträumten Blick angenommen. »Die war ja soooo niedlich. Also, Mrs Nilson, ich kann Otto und Emily verstehen, ich wäre ihr wohl auch hinterhergelaufen.«

Mrs Nilson brummte verächtlich. Es passte ihr offenbar gar nicht, dass Ms Singh für Otto und Emily Partei ergriff. Genau in diesem Moment spürte Otto, wie sich etwas in seinem Rucksack bewegte. Er brauchte nicht lange nachzudenken, um dahinterzukommen, dass es Vincent war, der sich ans Tageslicht kämpfte. Am liebsten hätte er sein Haustier gepackt und es zurück in die Tiefen seines Rucksacks geschoben, aber da war Vincent schon auf seine Schulter geklettert, stieß sich von dort ab und flatterte über den Mittelgang auf Ms Singh zu.

»Huch. Da! Da! Da ist die Fledermaus von vorhin wieder«, rief Mrs Nilson ungläubig und deutete auf Vincent. Einige von Ottos Klassenkameraden schauten gespannt zu. »Busfahrer! Öffnen Sie sofort die Türen! Wir haben eine Fledermaus im Bus, sie muss uns gefolgt sein. Und sie fliegt direkt auf mich zu.«

»Das hättest du wohl gern, du Schreckschraube«, knurrte Vincent und machte einen übermütigen Looping.

»Wie? Wer hat das gesagt?« Panisch fuhr Mrs Nilson herum. Sie ließ die Fledermaus nicht aus den Augen, während sich Vincent schließlich auf Ms Singhs Schoß niederließ. »Wer spricht da? Warst das du, Otto?«

Mist! Erst Stan, und dann hörte auch noch Mrs Nilson Vincent plappern. Otto konnte ja wohl schlecht behaupten, seine Lehrerin habe sich das nur eingebildet. Innerlich verfluchte er sein Haustier und überlegte, ihm einen Maulkorb zu verpassen, sobald sie wieder zu Hause angekommen waren. Vielleicht würde er ihm auch gleich noch die Flügel stutzen. Was fiel diesem Kerl ein, im Beisein anderer Menschen zu sprechen? Er wusste doch, dass Fledermäuse in dieser Welt nicht sprachen. Bisher hatte er sich immer daran gehalten, aber diese Verliebtheit machte ihn offensichtlich ganz verrückt.

»Ich habe es genau gehört«, bohrte Mrs Nilson nach,

als Otto nicht antwortete. »Du hast gesagt: ›Das hättest du wohl gern, du Schreckschraube.‹«

»Schreckschraube? Da haben Sie sich verhört. Ich habe gesagt: ›Ich hätte jetzt gern als Snack eine Traube‹«, murmelte Otto unbeholfen. »Ich bin nun mal hungrig.«

»Wie auch immer«, knurrte Mrs Nilson. Sie bedachte Otto mit einem letzten bösen Blick, dann wandte sie sich wieder dem Busfahrer zu. »Hören Sie nicht? Anhalten! Wir haben einen blinden Passagier an Bord.«

»Ach, Mrs Nilson, jetzt beruhigen Sie sich doch.« Ms Singh streichelte Vincents Fell, der sie dabei verliebt anglotzte. »Wir können nicht einfach anhalten, wir sind mitten auf der Autobahn. Er tut doch niemandem etwas. Ich übernehme die volle Verantwortung für diese unschuldige, zuckersüße Fledermaus.«

* * *

Ha! Vincent und unschuldig? Und zuckersüß? Otto hätte beinahe laut aufgelacht, aber Ms Singh hatte es tatsächlich ernst gemeint. Als Ottos Klasse wieder auf dem Schulparkplatz angekommen war, hatte es wie aus Eimern geregnet, und so hatte Ottos Kunstlehrerin angeboten, Vincent mit in ihre Wohnung zu nehmen. Otto hatte Anstalten gemacht zu widersprechen, doch dabei hatte ihn Vincent so wütend angefunkelt, dass er schließlich nachgegeben hatte. Sollte Vincent doch tun, was er wollte – spätestens, wenn sie nach London umzogen, würde er Ms Singh ohnehin Auf Wiedersehen sagen müssen.

Der Umzug. Als Otto an diesem Abend allein in seinem Zimmer saß, dachte er erneut daran, wie es wohl sein würde, den Radieschenweg für immer zu verlassen. Das Desaster schien unausweichlich. Keiner von den Meistern aller Geister würde Otto zu Hilfe kommen, um Dragomir den Grausamen einzufangen. Otto würde ausziehen, danach würde Dragomir Madame Olga nach dem Stein graben lassen und, sobald er ihn fand, was über kurz oder lang geschehen würde, immun gegen alle Sensenmänner sein. Nicht mal diese bleiernen Gurkengläser würden ihm dann noch Einhalt gebieten können. Dann würde er tun und lassen können, was er wollte. Er konnte reihenweise von Menschen Besitz ergreifen und sie für seine Zwecke benutzen.

Eine gruselige Vorstellung, fand Otto.

»Mann, Otto, weshalb die todtraurige Miene?«

Otto hatte gar nicht mitbekommen, dass Harold in sein Zimmer getreten war. Inzwischen war es Nacht geworden und der Sensenmann lieferte wie immer seine Gurkengläser im Radieschenweg Nummer acht ab. »Freu dich doch lieber, dass die lästige Flugratte endlich mal außer Haus ist. Sir Tony hat mir gesagt, Vincent feiert heute eine Pyjamaparty bei seiner großen Liebe, Ms Singh. Pah, Verliebte sind echt das Letzte.«

»Ach, Harold, Vincent ist im Moment meine geringste Sorge«, seufzte Otto. Niedergeschlagen erzählte er Harold von seiner heutigen Begegnung mit den Meistern aller Geister. Und davon, wie sie ihm seine Bitte, Dragomir zu beseitigen, abgeschlagen hatten.

»Was hab ich dir gesagt?« Harold hob die Hände und ließ sich neben Otto auf dem Fensterbrett nieder. »Die Meister aller Geister sind für die nächsten hundert Jahre ausgebucht. Die haben eine Liste von Tausenden Poltergeistern abzuarbeiten. So ist es nun mal.«

»Po…Po…Poltergeister?« Sir Tony war plötzlich im Raum aufgetaucht. Besser gesagt, er lugte ängstlich hinter Ottos Kopfkissen hervor. »Ist … ist dieser Dragomir etwa schon wieder hier? Seit er in mein Haus eingedrungen ist, kann ich an nichts anderes mehr denken.«

Sir Tony neigte zwar zu Übertreibungen, aber dieses Mal musste Otto zugeben, dass es ihm ähnlich ging.

»Ich kann mich noch daran erinnern, als wäre es gestern gewesen«, begann Sir Tony und kroch hinter dem Kissen hervor.

»Ähm, Tony, es war doch auch erst gestern«, erinnerte ihn Otto, aber Sir Tony schenkte ihm keine Beachtung. Stattdessen verwandelte er sich plötzlich in eine schwarze Nebelwolke, so wie es Dragomir getan hatte.

»Erst dieser Nebel. Dann die Kälte«, jammerte Sir Tony. Im nächsten Moment war Otto, als kühlte Tony die Temperatur des Zimmers um ein paar Grad herunter. Einen Augenblick später formte sich der Nebel auch schon zu den Umrissen seines Gesichts, genau wie bei Dragomir. »Das war alles so gruselig. Und dann auch noch die widerliche Fratze.« Sir Tony schnitt eine Grimasse und sein Hut verrutschte dabei. »Dieser entsetzliche Kopf, der plötzlich sprach, ohne die Lippen zu bewegen. Ich hatte solche Angst.«

»Uaaah, Sir Tony, jetzt machst du aber *mir* Angst«, rief Otto und erhob sich vom Fensterbrett. Sir Tonys Gesicht wirkte fast genauso gruselig und verzerrt wie das von Dragomir. Bloß der typische Schießpulvergeruch fehlte.

»Ich muss schon sagen, eine äußerst gelungene Performance«, stellte Harold anerkennend fest und klatschte in die knochigen Hände. »Man könnte dich fast für einen Poltergeist halten, Tony. Du könntest als Imitator auftreten.«

Jetzt wurde Sir Tony ein bisschen rot. »Quatsch«, wehrte er verlegen ab. »Das ist doch nichts Besonderes. Bloß ein klein wenig Zirkus. Das haben mir übrigens Bert und Molly beigebracht, um Tante Sharon zu erschrecken. Aber die hat wieder mal nichts mitbekommen. Ich tauge einfach nicht als Schreckgespenst.« Er seufzte. »Ach, wäre ich doch bloß ein echter Poltergeist.«

Jetzt musste Otto schmunzeln. Sir Tony als Poltergeist war einfach unvorstellbar. Wahrscheinlich würde er sich vor sich selbst zu Tode fürchten.

»Als Poltergeist würden dich aber dann die Meister aller Geister jagen«, gab Harold zu bedenken. »Du wärst ständig auf der Flucht. Auch kein tolles Leben. Ach so, stimmt, du bist ja gar nicht mehr am Leben.«

Sir Tony grinste schief.

»Die Meister aller Geister brauchst du nicht zu fürchten, Sir Tony«, murmelte Otto gedankenverloren und dachte an seine Begegnung vom Nachmittag. Die Wut brodelte immer noch in ihm. »Das ist eine völlig nutzlose Truppe. Du hast noch mindestens hundert Jahre Schonfrist, bis die auftauchen.«

»Na endlich gibst du mir mal recht.« Harold grinste und klopfte Otto auf die Schulter. »Zudem rücken die nur in Ausnahmefällen wegen eines einzelnen Poltergeistes aus. Dazu muss es sich schon um Jack the Ripper handeln. Oder eben um diesen Brutalen Baron, der in den Schlagzeilen ja beinahe ein berüchtigter Star war. In deinem Fall müsstest du schon ein Nest an Poltergeistern im Radieschenweg vorweisen können. Einen kleinen Mafia-Clan. Oder eine andere Verbrecherbande. Mindestens drei Poltergeister auf einem Fleck, dann bekommt dein Fall plötzlich oberste Priorität. Zu schade, dass in Madame Olgas Haus nur *ein* Poltergeist sein Unwesen treibt.«

Otto schwieg und starrte aus dem Fenster auf den nächtlichen Radieschenweg. Eine Idee reifte in ihm heran, doch er wagte noch nicht, sie vor Harold und Sir Tony auszusprechen.

»Was?«, bohrte Harold nach. »Was brütest du aus, Otto?«

»Woher weißt du, dass ich etwas ausbrüte?«, wunderte sich Otto. Harold kannte ihn anscheinend schon ziemlich gut. »Ich habe nur gerade überlegt, ob man den Meistern aller Geister nicht vorschwindeln könnte, dass wir mehr als nur einen Poltergeist haben, der auf Abholung wartet.«

Harold kratzte sich an der Stirn. »Moment mal. Du willst die Meister aller Geister hierherlocken, indem du ihnen Sir Tony, Bert und Molly als Poltergeister verkaufst?«

Kaum hatte Harold die Worte ausgesprochen, sauste Sir Tony aufgeregt durch den Raum. »Aber … aber ich bin doch gar kein echter Poltergeist. Und auch kein guter Imitator. Otto, das ist ein mieser Plan! Die Meister aller Geister kommen bestimmt dahinter.« Er jaulte laut auf. »Und dann sperren sie mich in ein bleiernes Gurkenglas. Bis in alle Ewigkeit.«

Harold seufzte gequält. »Oh, Mann, Tony, niemand auf der ganzen Welt ist ein größerer Angsthase als du, egal ob tot oder lebendig. Halt doch mal die Klappe und hör dir Ottos Plan zumindest an. Ich finde ihn nämlich gut.«

»Im Ernst?« Otto glaubte, nicht richtig zu hören. Harold hatte normalerweise an allen Plänen, die Otto und Emily ausheckten, etwas auszusetzen.

Harold hob die Schultern. »Der Plan ist zumindest nicht übel. Wenn wir der Truppe eine kleine Poltergeist-Invasion im Radieschenweg vorgaukeln, sind die in drei Tagen da. Vielleicht sogar in zwei.«

Otto überlegte. Zwei Tage. Länger durften sich die Meister aller Geister nicht Zeit lassen. Denn dann würde Dragomir wieder auftauchen und nach seinem Stein fragen. Einen erneuten Besuch des Poltergeistes wollte Otto lieber vermeiden. Er hatte gerade erst das Chaos in seinem Zimmer beseitigt, das der Tornado angerichtet hatte.

»Ich will damit nichts zu tun haben.« Entschlossen verschränkte Sir Tony die Arme und starrte an Ottos

Zimmerdecke. »Ich verziehe mich in meinen Staubsauger, bis die Aufregung vorüber ist. Dort ist es schön warm. Ihr könnt ja die liebeskranke Fledermaus als Poltergeist ausgeben.«

»Quatsch, das funktioniert doch nicht.« Harold dachte nach und kratzte sich dabei mit dem spitzen Ende seiner Sense am Schädel. »Abgesehen davon, dass nicht mal ein blinder und beschränkter Sensenmann Vincent für einen Poltergeist halten würde – die Flugratte wird uns dieses Mal nicht helfen. Verliebte sind ohnehin unerträglich.« Harold schnaubte. »Deswegen hasse ich den Frühling. Ein Glück, dass ich nicht verliebt bin. Dann würde mein Hirn wohl auch auf die Größe einer Walnuss schrumpfen und dabei Liebeshormone absondern, so wie bei dieser dümmlichen Fledermaus. Wenn ich ein Gehirn hätte, meine ich natürlich.«

»Scheint so, als müssten wir unseren Plan eben ohne Tony durchziehen«, überlegte Otto und warf seinem Hausgeist dabei einen strengen Blick zu. Tony sollte bloß nicht glauben, dass Otto ihm das einfach so verzeihen würde. »Bert und Molly helfen uns bestimmt. Somit hätten wir, inklusive dem echten Poltergeist, schon drei Exemplare anzubieten, mit denen wir die Meister aller Geister herlocken könnten.«

»Na, prima.« Harold klatschte zufrieden in die Hände. »Dann bestell die beiden Typen her, Otto.«

»Ich?« Otto zog die Augenbrauen hoch. »Ich habe doch gar keine Telefonnummern von ihren Seelen-Messengern. Könntest du das nicht erledigen? Ich habe mit einer Sensenfrau namens Gundula gesprochen, bestimmt kannst du sie ausfindig machen. Ihr habt doch sicher so etwas wie ein Mitarbeiterverzeichnis.«

»Klar. Wir haben im SBI eine ganz tolle neue Software, in der die Stammdaten aller Sensenmänner und natürlich auch die der Meister aller –« Harold brach ab. Erst jetzt schien er Ottos Worte zu registrieren und ließ dabei vor Schreck die Sense los. Sie schepperte zu Boden. »Hast du … gerade G…Gundula gesagt?« Seine Kiefer sahen aus, als würde er plötzlich schlucken. »Groß. Schlank. Und die wunderschönsten lidlosen Augäpfel, die du je gesehen hast?«

Otto starrte Harold an. »Äh, ja. Genau die.«

Harold hatte nun ein verlegenes Grinsen aufgesetzt und wirkte, als fühle er sich plötzlich gar nicht mehr wohl in seiner Haut, oder besser gesagt in seinen Knochen. In diesem Moment fiel Otto auch wieder ein, dass Gundula gesagt hatte, Harold und sie würden sich kennen. Harold hatte ihr in der Cafeteria des SBI die letzte Knackwurst geklaut.

»Aber ich … ich kann unmöglich mit Gundula sprechen«, erklärte Harold entschieden. Seine Stimme wurde ganz hoch und piepsig. »Das kannst du vergessen.«

Was war denn plötzlich mit Harold los? Ottos Kumpel lief unruhig umher und schüttelte vehement den Kopf, so als wolle er bekräftigen, dass Otto hier nicht auf ihn zählen konnte. Warum wirkte er denn auf einmal so nervös?

»Was ist mit Brutus? Der war heute im Tower auch dabei, er und Gundula haben gemeinsam einen Poltergeist eingefangen.« Otto warf Harold einen herausfordernden Blick zu. »Oder traust du dich auch nicht, mit dem zu sprechen?«

»Na...Na...Natürlich kann ich mit Brutus sprechen«, stotterte Harold und stemmte die Hände in die Hüftknochen. »Nur, was ist, wenn Brutus dann hier auftaucht, um euren Poltergeist einzufangen? Mit Gundula?«

Otto runzelte die Stirn. »Warum macht dich diese Gundula denn so nervös?« Vor wenigen Augenblicken hatte Harold noch stolz verkündet, dass er keine Hormone mehr besitze und für Gefühle nicht empfänglich sei, und jetzt stotterte er herum und vermied es, Otto in die Augen zu schauen. Hätte Harold noch Haut gehabt, wäre er bestimmt rot angelaufen.

»Vielleicht ist er ja verknallt in sie«, vermutete Sir Tony frech, woraufhin Harold drohend seine Sense in Tonys Richtung schwenkte.

»Zu schade, dass du schon zu lange tot bist, sonst würde ich dich in ein extra schmales Gurkenglas stecken

und dann in die pralle Sonne stellen«, knurrte er. Dann wandte er sich Otto zu. »Natürlich bin ich *nicht* verknallt in Gundula. Pff. Lächerlich.«

»Ach ja?« Sir Tony grinste.

»Abgesehen davon hält sie mich sowieso für einen Verlierer. Als sie auf dem Parkplatz des SBI mein Auto gesehen hat, hat sie gekichert und es ›niedlich‹ genannt. *Niedlich!* Kann man sich das vorstellen?« Harold vergrub den Schädel in den Händen. »Wäre es nicht todtraurig, würde ich mich darüber totlachen: Ein Sensenmann mit einem niedlichen Auto.«

Armer Harold. Otto konnte nachvollziehen, wie sein Freund sich fühlte, immerhin hatte er selbst auch nur Tante Sharons altes Fahrrad als fahrbaren Untersatz, und dafür musste er sich in der Schule manchmal gewaltig schämen. Erst recht, seit Stan ein richtig cooles Mountainbike zu Weihnachten bekommen hatte. Aber jetzt ging es nicht darum, Gundula zu beeindrucken, sondern Dragomir den Grausamen einzufangen. Harold musste Otto dreimal hoch und heilig versprechen, dass er Brutus bitten würde, in den Radieschenweg auszurücken und dort drei böse Poltergeister abzuholen.

»Im Idealfall sollten du, Emily und ich bereits alle drei Geister zusammentreiben, damit es wie eine richtige Invasion aussieht«, überlegte Harold laut. »Denkst du, wir könnten Dragomir den Grausamen noch einmal in dein

Zimmer locken? Und ihn dort so lange festhalten, bis die Spezialeinheit eintrifft?«

Otto überlegte. »Wäre möglich. Wir müssten Dragomir mit einem Stein, der dem Australischen Mondschein-Amethyst ähnelt, herlocken und ihn dann irgendwie hier festhalten. Vielleicht können wir eine Poltergeistfalle bauen.«

»Ah ja. Das klingt kompliziert.« Harold wirkte etwas skeptisch. »Und wie willst du das anstellen, bitte schön? Denkst du wirklich, wir können Dragomir mit einem falschen Stein täuschen? Du willst ihm doch nicht etwa den nächstbesten Felsbrocken als Edelstein verkaufen? Er ist schließlich nicht dumm.«

Otto legte die Stirn in Falten. Harold hatte recht. Der Plan wies noch einige Schwachstellen auf. Mit welchem falschen Edelstein sollten sie Dragomir tatsächlich herlocken? Und wie konnten sie den Poltergeist möglichst lange in Ottos Haus festhalten, bis die Meister aller Geister anrückten? Die Sache war ganz schön knifflig, aber Otto hatte noch ein Ass im Ärmel: Emily. Und die war schließlich die Spezialistin für Pläne aller Art.

Die Schatzsuche

Emily erwies sich tatsächlich als Kopf der Planung. Beim Mittagessen in der Schulcafeteria hatte sie bereits mit zahlreichen Ideen jongliert, wie man Dragomir am besten in die Falle locken könnte.

»Dem Poltergeist einfach einen anderen, nicht so wertvollen Edelstein, der ähnlich aussieht, vorzusetzen, fällt flach«, überlegte sie und schob sich einen Löffel Erdbeerpudding zwischen die Lippen. »Es gibt kaum Edelsteine, die dem Australischen Mondschein-Amethyst ähneln. Wir können nicht einfach einen stinknormalen Amethyst nehmen, das fällt sicher gleich auf. Und falls wir tatsächlich ein Schmuckgeschäft finden, das einen weiteren Australischen Mondschein-Amethyst verkauft, können wir es wohl kaum einfach so ausrauben.«

»Ein Raub? Warum eigentlich nicht?«, mischte sich

Vincent ein, der in der Tasche von Ottos Sweater saß. Zum Glück hatten sie den Tisch ganz hinten bei den Toiletten besetzt, da belauschte niemand ihre Gespräche oder nahm Notiz von einer sprechenden Fledermaus. »Ich hätte kein Problem damit, einen Juwelier auszurauben«, brüstete sich Vincent. »Flüchten könnte ich ganz einfach durch den Schornstein.«

»Vincent, auf keinen Fall«, bremste ihn Otto. »Hast du etwa schon vergessen, warum man dich aus dem Jenseits verbannt hat? Hier in meiner Welt unterlässt du alle kriminellen Aktivitäten, verstanden?«

»Ja, ja«, murrte Vincent und lächelte dünn. »Schon okay.«

Überraschend, dass Vincent heute so pflegeleicht war und dabei auch noch so schnell klein beigab, ganz ohne die üblichen Flüche. Das musste wohl daran liegen, dass ihn Ms Singh gestern den ganzen Abend mit Heimchen und Mehlwürmern gefüttert und ihm anschließend erlaubt hatte, kopfüber an ihrer Gardinenstange zu schlafen. Wenn Vincent nicht nachts plötzlich dahintergekommen wäre, dass Ottos Lehrerin nicht nur Fledermäuse verehrte, sondern sogar so tierlieb war, dass sie einen riesigen Schäferhund namens Luzifer hielt, hätte er sich gut und gerne für immer bei ihr einquartiert. Aber beim Anblick der glühenden Augen und riesigen Lefzen des Hundes hatte er es dann doch mit der Angst zu tun bekommen. Vermutlich waren Fledermäuse Luzifers Leibspeise.

»Ich fürchte, wir müssen den echten Edelstein finden, Otto«, schlussfolgerte Emily. »Du könntest doch heute Abend zusammen mit Harold danach graben. Und ich überlege mir in der Zwischenzeit, wie wir es schaffen könnten, den Geist festzuhalten. Was meinst du? Ich könnte eine Poltergeistfalle errichten. Aber zuerst brauchen wir den Amethyst.«

»Ich versuche es«, gab Otto zerknirscht zurück. Er wusste, dass ihnen keine andere Wahl blieb, wenn er den Poltergeist herlocken und ihn dann den Meistern aller Geister übergeben wollte. Wenn sie doch bloß irgendeinen Anhaltspunkt hätten!

Emily überlegte weiter. »Als Nächstes benötigen wir einen geeigneten Raum, um Dragomir festzuhalten. Wie wäre es, wenn wir den Poltergeist auf den Dachboden locken würden, Otto?«

»Hmm.« Der vollgestopfte dunkle Raum unterm Dach war nicht gerade sein Lieblingsort. Nicht nur die Geister mieden ihn, auch Otto fand ihn unheimlich und wagte sich nur hinein, wenn er etwas Dringendes darin zu suchen hatte. Der muffige Geruch, die Tausenden Spinnweben, der viele Staub … Hier oben putzte Tante Sharon nie – vermutlich war ihr der Dachboden auch nicht ganz geheuer.

Und dann war da noch eine andere Sache.

»Aber da oben gibt es angeblich Ratten, Emily.« Zumindest behauptete Sir Tony das.

»Na und?« Emily grinste und deutete mit dem Kinn auf Vincent. »Ich dachte, du fürchtest dich nicht vor Ungeziefer.«

Vincent brauchte einen Moment, um zu verstehen, dass er damit gemeint war. Er hatte sich heimlich über die Reste von Ottos Erdbeerpudding hergemacht und

steckte mit dem halben Kopf in der Erdbeersauce. »Hey! Ich hab mich wohl gerade verhört, Emily. Ich *bin* doch kein Ungeziefer. Ich *vernichte* Ungeziefer!«

»Nur ein Scherz«, beruhigte ihn Emily und Vincents Kopf verschwand wieder im Pudding. Dann schenkte sie Otto ein aufmunterndes Lächeln. »Jetzt komm schon, Otto. Ein paar Ratten werden uns doch nicht davon abhalten, einen Poltergeist zu fangen. Ich bereite alles vor, du suchst den Amethyst und heute Abend locken wir den Poltergeist auf den Dachboden.«

Otto nickte schließlich. Vielleicht übertrieb Sir Tony mit seinen Schauergeschichten um den Dachboden und die Ratten waren gar nicht so groß wie Biber. Oder es gab gar keine. »Am besten zwischen sieben und acht Uhr abends, da ist es bereits dunkel. Außerdem wollten Madame Olga und Tante Sharon morgen Abend zusam-

men ins Theater. Die beiden sind ja jetzt beste Freundinnen.«

»Das passt gut. Die Meister aller Geister werden wohl ohnehin nicht bei Tageslicht aufkreuzen.« Emily stand auf und nahm ihr leeres Tablett. »Wenn man sich den Poltergeist mal wegdenkt, der ständig von ihr Besitz ergreift, ist Madame Olga ganz in Ordnung, glaube ich.«

Otto seufzte tief, nahm die von Vincent bis auf den letzten Rest leer geschleckte Puddingschüssel und folgte ihr. Vermutlich hatte Emily recht. Wenn Madame Olga nicht gerade nach Schießpulver stank, war sie eigentlich eine ziemlich angenehme Nachbarin. Bloß Fernando, der immer noch im Geräteschuppen wohnte, tat ihm leid.

* * *

Noch am selben Nachmittag bat Otto Harold wegen des vergrabenen Edelsteins um Hilfe. Diesmal ging es ganz leicht, ihn zu kontaktieren, denn er antwortete sofort beim ersten Klingeln.

»Ahoi. Seelenfängermeister Harold am Apparat. Wie kann ich Ihnen helfen?«, meldete er sich.

»Harold, ich bin es, Otto.«

»Otto?«, rief Harold in den Hörer. Er schien erstaunt über Ottos Anruf. »Rufst du mich aus der Welt der Lebenden an?«

»Na klar. Aus dem Jenseits wäre es zwar billiger, aber wenn ich dort wäre, hätte ich auch ein großes Problem. Dann wäre ich nämlich tot.«

»In der Tat«, kicherte Harold. »Mach es kurz, bestimmt kostet jede Minute des Telefonats ein halbes Haus.«

»Oh … okay.« Otto sammelte seine Gedanken. »Harold, du musst mir helfen, den Australischen Mondschein-Amethyst auf unserem Grundstück zu finden. Nur so können wir Dragomir Satanescu in unser Haus locken und ihn dort den Meistern aller Geister übergeben.« Er seufzte tief. »Emily kann mir nicht helfen, sie bastelt gerade an einer Poltergeistfalle und … na ja, was Vincent betrifft … ich muss dir ja wohl nicht sagen, dass dieser Faulpelz mir nicht helfen will.«

Harold ächzte. »Ach, und da dachtest du dir, du spannst deinen alten Kumpel Harold zum Graben ein. Als ob ich mit den Seelen nicht schon genug zu tun hätte …« Dann seufzte er und lachte. »Aber ich schätze, dafür sind Freunde nun mal da. Ich hoffe, du hast wenigstens eine vage Ahnung, wo genau auf eurem Grundstück sich der Stein befindet.«

»Na ja, nicht ganz. Ich dachte, dabei könntest du mir ebenfalls helfen.«

Zum Glück zierte sich Harold nicht lange. Pünktlich um fünf Uhr nachmittags, als Tante Sharon in die Stadt zu ihrem Lieblingsflohmarkt aufgebrochen war, um vor ihrem Theaterbesuch noch ein paar kaputte Uhren zu ergattern, tuckerte Harolds klappriger Lieferwagen in den Radieschenweg. Überraschenderweise hatte Harold sogar eine schwere Schaufel mitgebracht, dazu trug er statt seiner Kapuze einen Helm mit Stirnlampe auf dem Schädel, als hätte er vor, eine Bergwerkstour zu unternehmen.

»So. Und wo vermutest du jetzt das Ding?«, erkundigte er sich und sah sich in Tante Sharons riesigem Garten um.

Otto überlegte und dachte daran, was Onkel Archibald ihm über das mögliche Versteck des Steins erzählt hatte. »Onkel Archibald konnte sich bloß an einige schwammige Details erinnern«, erklärte er Harold. »An eine Eiche. Und an eine riesige braune Gartenschere. Ein weißes Stofftuch. Und dass es an dem Tag, an dem er ihn vergraben hat, in Strömen geregnet hat.«

Harold lachte auf. »Letzteres ist ja wohl komplett egal.«

Otto grinste. »Okay, dann konzentrieren wir uns lieber auf die nützlicheren Hinweise. Zum Beispiel auf die Eiche.« In Tante Sharons Garten gab es leider gleich mehrere Eichen, doch die größte und älteste unter ihnen befand sich gleich hinter der Gartenhütte. Wo, wie Otto wusste, Tante Sharons Gartenscheren gelagert wurden – der zweite Hinweis.

»Los. Hier muss er vergraben sein«, vermutete Otto und deutete auf das Stückchen Rasen zwischen der Gartenhütte und dem Stamm der alten Eiche. »Komm schon, Harold, an die Arbeit.«

Harold nickte, zückte die Schaufel und begann, ein tiefes Loch zu buddeln. Otto half tatkräftig mit und sogar Vincent beteiligte sich an der Aktion, indem er ans Tageslicht gebrachte Regenwürmer fraß und zwischenzeitlich Ausschau hielt, um sicherzugehen, dass Tante Sharon nicht zurückkam.

Nach etwas mehr als einer Stunde hatten sie bereits eine beinahe zwei Meter tiefe Grube ausgehoben, doch vom Amethyst fehlte immer noch jede Spur. Harold begann, leicht säuerlich zu werden und faselte irgendetwas von einer Sonderlieferung Gurkengläser, die ihn heute erwartete und über die er alles andere als erfreut war. Der Fortgang der Aktion gefiel Otto überhaupt nicht.

Wo in aller Welt lag dieser verflixte Edelstein?

»Pah, Otto, eher finden wir hier einen millionenschweren Piratenschatz als den Edelstein deines Onkels«, meckerte Harold und ließ die Schaufel auf den Boden knallen. »Ich bin dafür, dass wir die Grube wieder zuschütten und Feierabend machen, bevor wir uns bis nach China buddeln und mitten in einem Reisfeld auftauchen.«

»Da hat das Knochengerippe ausnahmsweise mal

recht«, krähte Vincent vom Ast eines Baumes gegenüber. »Und mir ist außerdem schon richtig schlecht von den ganzen Regenwürmern. Einer ist ein wahrer Genuss, aber leider macht auch hier die Dosis das Gift.«

Otto blickte zu Vincent hoch. Er baumelte kopfüber von einem alten Baum, der Otto schon als Kind, als er und seine Eltern Tante Sharon öfter besucht hatten, aufgefallen war. Es war ebenfalls eine Eiche, doch sie sah ganz anders aus als die anderen Bäume im Garten. Zwei dicke Äste überkreuzten sich, außerdem spitzten sich die Äste zum Ende hin zu wie scharfe Messer und trugen dort kaum noch Zweige und Blätter. Irgendwie hatten diese Äste etwas von … den Schneiden einer Schere.

Der Gedanke ließ Otto innehalten.

»Harold! Vincent!«, stieß er aufgeregt hervor. »Seht euch mal diesen Baum da an.«

»Ähm, was ist damit? Eine Eiche, das sehe ich.« Vincent blickte auf den Stamm. »Und weiter? Hör mal, Otto, ich bin müde, ich hab schließlich den ganzen Tag gearbeitet.«

»Gearbeitet?«, rief Harold und hob die Schaufel drohend in Vincents Richtung. »Du hast doch nur gefressen, einen Wurm nach dem anderen.«

»Na und? Damit habe ich mehr geleistet als du.« Vincent streckte dem Sensenmann die Zunge heraus.

»Harold, Vincent, genug jetzt!«, versuchte Otto den

Streit zu schlichten. »Findet ihr nicht, dass die Eiche, auf der Vincent sitzt, irgendwie an eine Gartenschere erinnert? Seht euch nur mal die Form der Äste an.«

Harold trat näher. Er untersuchte die Rinde und die Äste, dann machte er wieder einige Schritte zurück und betrachtete den gesamten Baum. »In der Tat. Mit etwas Fantasie besitzen die Äste tatsächlich die Form einer Schere.« Er überlegte kurz. »Denkst du, der Hinweis deines Onkels könnte sich auf diesen Baum beziehen? Die Gartenschere? Das würde allerdings auch bedeuten, dass wir mit der Gartenhütte vollkommen falschgelegen und das Loch ganz umsonst gebuddelt haben.«

Otto nickte reuevoll, doch je länger er darüber nachdachte, desto logischer erschien es ihm. Sie durften nicht noch mehr Zeit verlieren. Kurzerhand begann er, an der neuen Stelle zu graben. Zuerst zierte sich Harold noch, aber schließlich packte er seine Schaufel und half mit. Sie hatten kaum zehn Minuten gebuddelt, da stieß Harold mit der Schaufelspitze auf etwas Graues, Weiches.

»Hier, Otto, sieh mal. Ich glaube ich habe etwas gefunden. Es ist zwar kein Amethyst, aber es sieht aus wie ein Stofftuch«, meinte er.

Vor Freude entfuhr Otto ein Schrei, dann bückte er sich, um die Entdeckung zu begutachten. »Ein Stofftuch. Alt und verdreckt, aber bestimmt war es mal richtig weiß. Das weiße Stofftuch – der dritte Hinweis von Onkel Archibald. Grab weiter, Harold. Schnell.«

Harold schnaufte und hob die Erde rund um die Stelle mit dem Stofffetzen aus. Als Otto sich bückte, um sich das Stofftuch zu schnappen, merkte er, dass Onkel Archibald etwas Hartes darin eingewickelt hatte. Behutsam faltete er das Stofftuch auseinander.

»Der Australische Mondschein-Amethyst«, krähte Vincent aus voller Kehle. »Yippie! Wir haben ihn gefunden. Wir sind die besten Schatzsucher der Geschichte.«

»Schscht, Dummkopf«, ermahnte ihn Harold, schnappte sich einen Kieselstein und warf ihn nach Vincent. »Wir wollen Dragomir Satanescu doch nicht jetzt schon anlocken.«

»Aua! Bist du irre, du klappriger Sensenmann?«, empörte sich Vincent. Doch dann seufzte er. »Sorry. Er sieht nur so … so wertvoll aus.«

Otto musste zugeben, dass Vincent damit recht hatte. Neugierig betrachtete er den Stein. Groß war er nicht gerade, doch der Aufenthalt in der kühlen, dreckigen Erde schien ihm nicht weiter geschadet zu haben. Seine violette Farbe glänzte in der Abenddämmerung und ließ ihn tatsächlich richtig geheimnisvoll und wertvoll wirken.

»Und dieser kleine Stein verspricht Poltergeistern ewiges Leben in unserer Welt«, überlegte Otto laut und drehte das Ding zwischen seinen Händen. »Armer Onkel Archibald. Dabei wollte er ihn eigentlich bloß Tante Sharon schenken. Sie hätte sich bestimmt darüber gefreut.«

»Da hat sich dein Onkel wohl nicht besonders gut informiert«, meckerte Vincent. »Tante Sharon hin oder her, du denkst doch wohl nicht ernsthaft daran, ihr den Stein zu geben? Bist du etwa lebensmüde?«

»Nein, keine Sorge, wir werden ihn vernichten, sobald die Sache ausgestanden ist und wir Dragomir überlistet haben. Doch jetzt müssen wir ihn erst mal unbemerkt ins Haus schaffen. Und dann schauen wir nach, was Emilys Poltergeistfalle macht.«

In der Falle

Sosehr Otto mittags in der Cafeteria noch an Emilys Plan gezweifelt hatte, umso begeisterter war er jetzt. Gleich nach der letzten Schulstunde hatte Emily begonnen, auf dem Dachboden eine ausgeklügelte Falle zu konstruieren. Währenddessen war es Abend geworden und zum Glück hatte Otto noch keine Ratte entdeckt. Möglicherweise kamen die aber auch erst bei Einbruch der Dunkelheit heraus.

»Na, was sagst du? Ist das nicht eine tolle Poltergeistfalle?« Emily lachte und präsentierte Otto die Wände des Dachbodens. Sie hatte den gesamten Raum mit Alufolie ausgekleidet, sämtliche Wände glitzerten silbern. Bloß die Tür hatte sie ausgelassen, denn irgendwie musste der Poltergeist ja hereinkommen. Auf der hinteren Seite des Raumes hatte sie ein kleines Podest gebaut, auf das sie

jetzt den Australischen Mondschein-Amethyst legte und dahinter Ottos Schreibtischlampe platzierte. Der Stein leuchtete nun unübersehbar auf dem dunklen Dachboden wie ein teures Juwel.

»Sieht toll aus.« Otto klopfte seiner besten Freundin anerkennend auf die Schulter. »Ein ganzer Raum voll Alufolie. Hoffentlich hält ihn das hier fest und er verschwindet nicht auf demselben Weg, auf dem er gekommen ist.« Otto deutete auf die Tür.

»Das kann er nicht. Die Rückseite der Tür ist ebenfalls mit Folie ausgekleidet, er kann nicht fliehen. Und für den Notfall habe ich auch noch die hier«, antwortete Emily mit einem Augenzwinkern, kramte in ihrem Rucksack und förderte mindestens zwanzig Rollen Alufolie zutage.

»Was ist denn das?«, krähte Vincent, der das Geschehen von einem hölzernen Dachbalken über Ottos und Emilys Köpfen aus beobachtet hatte. »Alufolie? Ist das dein Halloweenkostüm als Marsmensch, Emily? Nicht gerade originell.«

»Das ist meine persönliche Erfindung«, sagte Emily stolz und zog nun eine ganze Packung dicker Strohhalme aus ihrer Tasche. »Wir formen die Folie zu kleinen Kügelchen, stecken sie in die Strohhalme und bauen uns damit ein Blasrohr. Falls es Probleme geben sollte, können wir Dragomir mit Aluminium beschießen«, erklärte sie. »Das Geisterblasrohr. Vielleicht lasse ich es mir patentieren.«

»Ein Geisterblasrohr? Was für ein Quatsch!« Vincent schien nicht überzeugt zu sein.

»Dass Aluminium die einzige Substanz ist, die Geister schwächt, wissen wir ja bereits«, fuhr Emily unbeirrt fort. »Ich glaube, wir sind bereit. Jemand sollte zu Madame Olga rübergehen und den Poltergeist informieren, dass sein wertvoller Stein nun abholbereit ist. Könntest du das übernehmen, Otto? Dann kann ich alles Übrige hier vorbereiten.«

Otto nickte. Doch als er vor Madame Olgas Haustür angelangt war, stellte er fest, dass er nicht die geringste Ahnung hatte, wie oder wo er den Poltergeist suchen sollte. Was, wenn er sich im Keller versteckte? Welchen Vorwand sollte Otto dann erfinden? Doch als die Haustür schließlich aufglitt und Madame Olgas untersetzte Gestalt in der Tür erschien, seufzte Otto erleichtert.

»Ah. Du. Ich hoffe, du bringst gute Neuigkeiten«, knurrte Madame Olga mit tiefer Stimme, umweht von einem beißenden Schwefelgeruch. Dabei funkelten ihm die bernsteinfarbenen Augen entgegen.

Otto hatte Glück: Der Poltergeist hatte bereits von Madame Olga Besitz ergriffen und stand nun direkt vor ihm.

»Ich habe ihn. Den Edelstein«, verkündete Otto und gab sich dabei größte Mühe, gelassen und selbstbewusst zu klingen. »Er befindet sich auf meinem Dachboden. Du musst ihn dir nur holen, Dragomir.«

Madame Olga hob eine Augenbraue, dann breitete sich auf ihrem Gesicht ein erfreutes Grinsen aus. Einen kurzen Moment später ging plötzlich ein merkwürdiger Ruck durch ihren Körper, bevor sie die Augen verdrehte und schwarzer Rauch aus ihren Ohren quoll.

Otto erstarrte und machte einen Schritt zurück. Schließlich manifestierte sich die dunkle Nebelschwade neben Madame Olga und verzog sich erneut zu der gruseligen Fratze, die Otto schon vor einigen Tagen in seinem Zimmer beobachtet hatte.

Madame Olga schwankte indes, als befände sie sich auf einem wackeligen Bootsdeck. Dann richtete sie ihren Blick auf Otto. »Huch, Tante Sharons Neffe«, sagte sie lächelnd. Plötzlich hatte sie wieder ihre eigene Stimme und ihre eigene Augenfarbe. »Hallo, Otto. Möchtest du ein Stück Kirschkuchen? Oder sollen wir vielleicht wieder eine Séance machen? Ich habe noch ein bisschen Zeit, bevor die Theatervorstellung anfängt.«

»Alles, nur das nicht«, stieß Otto hervor. Die neblige schwarze Wolke bahnte sich inzwischen ihren Weg durch den Garten auf Tante Sharons Villa zu. Otto musste ihr hinterher. »Ein anderes Mal, Madame Olga. Ich muss wieder nach Hause.«

»So schnell, mein Junge?« Madame Olga wirkte gekränkt. »Aber du bist doch gerade erst –«

Auch wenn es unhöflich war, fuhr Otto herum und folgte dem Poltergeist zurück in die Villa. Der legte ein ziemliches Tempo vor. Blieb zu hoffen, dass Emily mit ihren Vorbereitungen bereits fertig war.

Unten im Salon begegnete Otto Tante Sharon. Sie war offensichtlich vom Flohmarkt zurück und machte sich nun fürs Theater fertig. Gerade als Otto die Treppe in den ersten Stock hinaufrennen wollte, hielt sie ihn am Ärmel fest.

»Ist bei dir und Emily alles in Ordnung, Otto?« Sie runzelte besorgt die Stirn und blickte an die Decke. »Warum hast du es denn so eilig? Und ich habe gerade eben ein Poltern vom Dachboden gehört.«

»Wir, äh … wollen dort bloß ein Experiment durchführen. Für Physik. Zum Thema Erdanziehungskraft. Deshalb müssen wir Gegenstände aus großen Höhen hinabfallen lassen. Es könnte also gleich ein wenig laut hier drin werden«, redete sich Otto heraus und kreuzte die Finger hinter seinem Rücken.

Otto war sich nicht sicher, ob seine Ausrede überzeugend genug war, aber etwas Besseres war ihm auf die Schnelle nicht eingefallen. Doch glücklicherweise entspannten sich Tante Sharons Gesichtszüge. »Das ist ja wunderbar.« Sie warf einen kurzen Blick auf ihr Handgelenk, an dem sie drei Armbanduhren trug. »Ich habe noch etwas Zeit vor dem Theater, soll ich euch nicht ein bisschen helfen? Ich könnte mit der Stoppuhr die Zeit messen oder Protokoll führen.«

Otto schluckte und schaute unsicher in Richtung der Treppe. Bestimmt hatte der Geist bereits die zwei Stockwerke bis zum Dach erklommen. Womöglich würde er sogar bei seiner Ankunft wieder einen riesigen Tornado verursachen. »Nein, nein, wir kommen gut zurecht. Sonst machst du dich bloß schmutzig, Tante Sharon.«

Tante Sharon hob die Schultern und ließ Ottos Ärmel los. »Na fein. Aber passt bloß auf, dass ihr bei eurem Experiment keine von meinen wertvollen Uhren beschädigt. Dort oben lagert noch eine Menge Kleinkram. Zeiger, Batterien und Uhrwerke. Hast du verstanden?«

Otto nickte, verabschiedete sich rasch von seiner Tante und schoss die Treppe hinauf. Als er schließlich im obersten Stockwerk ankam, waberte die dunkle Nebelschwade soeben durch die Tür, die zum Dachboden führte. Otto stürzte dem Poltergeist hinterher.

»Der Australische Mondschein-Amethyst. Ihr habt ihn gefunden«, tönte es durch den halbdunklen Raum. Von hinten erkannte Otto, wie die Fratze von Dragomir dem Grausamen auf den Edelstein zusteuerte. »Jetzt können mir die Meister aller Geister nichts mehr anhaben.«

Otto schluckte. Der Poltergeist schien an Tempo verloren zu haben. Offenbar schwächte ihn die viele Alufolie tatsächlich, trotzdem schien sie ihn nicht von seinem Vorhaben abzubringen. Im Dämmerlicht konnte Otto Emilys Gesicht nicht erkennen, aber er hoffte inständig, dass seine beste Freundin einen Plan B hatte. Denn in wenigen Augenblicken würde sich Dragomir den Stein schnappen, durch die offene Tür flüchten und über alle Berge sein.

Dragomir der Grausame war beinahe beim Stein angelangt, als Emily mit ihrer rechten Hand ein Zeichen gab. In diesem Moment ließ Vincent die Tür zufallen.

»Ha! Jetzt sitzt du in der Falle, Poltergeist!«, krähte die Fledermaus.

Die schwebende schwarze Wolke hielt inne, dann verwandelte sie sich erneut in Dragomirs hässliche Fratze. »Was … was ist denn das? Ist das etwa Alufolie?«, knurrte der Geist, ohne die Lippen zu bewegen. Er blinzelte und kniff die Augen zusammen. »Nehmt die Folie ab, ihr Rotzlöffel! Davon bekomme ich Kopfweh.«

Otto grinste selbstzufrieden. Bei Sir Tony, Bert und Molly hatte die Folie einen ähnlichen Effekt, auch wenn seine drei Hausgeister bei dieser Menge wohl schon längst durchgedreht wären. Dieser Dragomir Satanescu schien viel widerstandsfähiger zu sein als gewöhnliche Geister.

»Das ist uns egal!«, schrie Emily zurück. »Du bist gefangen und kannst hier nicht raus. Wir lassen dich nur zurück in Freiheit, wenn du den Radieschenweg für im-

mer verlässt und nie wieder Besitz von Madame Olgas Körper ergreifst, verstanden?«

Nun grinste der Poltergeist breit. »Überhaupt kein Problem, junges Fräulein. Madame Olga hat mich sowieso genervt. Ständig musste ich fremde Geister für ihre langweiligen Séancen kontaktieren. Ich verspreche, dass ihr oder Madame Olga mich nie wieder zu Gesicht bekommt, wenn ich erst mal den Stein besitze.«

»Der bleibt natürlich hier«, rief Otto aufgebracht. »Wenn du ihn stehlen willst, musst du erst an mir vorbei.« Nervös blickte er sich um. Inzwischen waren es nicht mehr die Ratten, die ihm Angst machten.

»Ihr zwei Kinder könnt mich nicht aufhalten. Und genauso wenig kann es euer Aluminium. Das ist ja noch nicht mal hoch dosiert. Mehr als ein wenig Kopfweh bekomme ich davon nicht.« Der Poltergeist lachte.

Einen kurzen Moment später rotierte der Kopf des Poltergeistes um seine eigene Achse und schien damit einen neuerlichen Tornado heraufzubeschwören. Dutzende Staubflusen wirbelten durch den Raum und erschwerten die Sicht. Unwillkürlich musste Otto husten.

»Schnell, Otto! Hier, das Blasrohr.« Emily reichte ihm einen Strohhalm und einige der Aluminiumkügelchen. »Die Kugeln schalten ihn zwar nicht aus, aber sie schwächen ihn bestimmt.«

Otto legte eine der Aluminiumkugeln ein und blies

aus Leibeskräften in das Rohr. Die ersten beiden Schüsse gingen leider daneben, aber die dritte Aluminiumkugel traf Dragomirs hässliche Fratze direkt zwischen den Augen.

»Super. Und noch so ein Schuss«, rief Emily, die sich ebenfalls mit einem Blasrohr bewaffnet hatte.

Otto zögerte keinen Moment. Während sich auf dem Dachboden ein Sturm zusammenbraute, feuerte er eine Aluminiumkugel nach der anderen durch den Raum auf Dragomir ab. Emily pustete tatkräftig mit. Da, ein Volltreffer! Und noch einer!

»Das … das wird ja immer schlimmer«, jammerte der Poltergeist. »Hört auf, sonst lasse ich eine ganze Horde Poltergeister auf euch los. Ich habe viele Freunde. Und glaubt mir, die werden alle von euren Körpern Besitz ergreifen, bis nichts mehr von euch übrig ist.«

Otto drängte sich an die Wand und beobachtete, wie der Poltergeist tobte und dabei laut vor sich hin schimpfte. Jeder andere Geist hätte bei der Menge an Alufolie längst aufgegeben, aber Dragomir schien zäh zu sein. Kein Wunder, immerhin hatte er zeit seines Lebens auf Schlachtfeldern gekämpft.

»Was jetzt?«, rief Emily. Der Tornado, den der Poltergeist erzeugt hatte, ließ ihre Haare zu Berge stehen und ihr Rüschenrock flatterte im Wind.

»Wir müssen ihn irgendwie endgültig unschädlich machen«, schrie Otto zurück. »So, dass er uns nichts mehr anhaben kann, bis die Meister aller Geister auftauchen und ihn festnehmen. Ich will, dass dieser Wirbelsturm endlich aufhört. Außerdem ekelt es mich vor dem Schießpulvergeruch.«

»Nur, wie sollen wir das anstellen?«, gab Emily verzweifelt zurück. »Wir haben nicht noch mehr Alufolie in petto. Ich habe doch schon den gesamten Supermarktbestand aufgekauft. Mein ganzes Taschengeld ist dafür draufgegangen. Und trotzdem hat dieser elende Poltergeist immer noch genug Energie.«

»Wir müssen ihn einfangen«, schlug Otto vor.

»Einfangen? Ihr spinnt wohl!«, tobte der Poltergeist. Der Tornado wurde immer stärker. Die Balken über Ottos Kopf knarzten. »Und jetzt hör endlich auf mit diesen widerlichen Aluminiumgeschossen, sonst mache ich dir den Garaus, Junge.«

Einen Augenblick später erfasste ein plötzlicher Windstoß Ottos Körper, so stark, dass er sich nicht mehr auf den Beinen halten konnte. Bevor er wusste, was los war, hob ihn eine unsichtbare Kraft in die Lüfte.

»Otto!«, schrie Emily noch, aber Otto schwebte bereits mehrere Meter über dem Boden. Hilflos ruderte er mit Armen und Beinen, während sein Körper ziellos durch den Raum sauste. Dann spürte er einen harten Schlag auf den Kopf und hatte kurz das Gefühl, das Bewusstsein zu verlieren.

»Otto? Otto, sag doch was! Geht es dir gut da oben?«, ertönte Emilys panische Stimme einige Meter unter ihm.

Otto öffnete die Augen und sah sich um. Die Wucht des Sturms hatte ihn durch den ganzen Raum geschleudert. Er befand sich, auf dem Rücken liegend, zwischen zwei Dachsparren, gut vier Meter über dem Boden, direkt unter dem Dachgiebel.

»Ach du Schande«, murmelte Otto. Vorsichtig bewegte er Arme und Beine, aber bis auf ein paar Schrammen schien ihm nichts passiert zu sein. Aus Reflex blickte er hinab und ihm wurde augenblicklich angst und bange. Wenn er jetzt vier Meter in die Tiefe stürzte, würde er sich zumindest einige Knochen brechen, wenn nicht noch Schlimmeres. Wie zum Geier kam er hier wieder runter?

»Hast du dir wehgetan?«, rief Emily besorgt.

»Nein, alles heil. Hoffe ich zumindest«, antwortete Otto.

»Das können wir leicht ändern, wenn ihr nicht endlich die verfluchte Alufolie abnehmt und aufhört, mich mit euren Kugeln zu beschießen«, brüllte der Poltergeist. Eine erneute heftige Windbö brachte Otto aus dem Gleichgewicht und er spürte, wie er den Halt verlor. In letzter Sekunde konnte er noch einen der beiden Balken umfassen. Nun baumelte er mit den Beinen mehrere Meter über dem Boden. Seine Finger schmerzten, aber er durfte auf keinen Fall loslassen!

»Hol ihn da runter, Dragomir! Sofort!«, schrie Emily verzweifelt. »Er wird abrutschen und stürzen.«

»Erst nehme ich den Stein an mich«, knurrte der Poltergeist.

»Halte durch, Otto«, flüsterte ihm Vincent zu, der sich auf seinen Fingern niedergelassen hatte, die den Balken umklammerten. »Ich bringe dich heil hier runter. Versprochen. Halt nur noch einen Moment durch, ja?«

»Es würde schon helfen, wenn du von meinen Fingern runtergehen würdest, das kitzelt nämlich«, zischte Otto.

»Oh, sorry«, sagte Vincent und hopste zur Seite.

Inzwischen hatte sich der Poltergeist den Amethyst geschnappt. Otto sah aus den Augenwinkeln, wie der schwarze Nebel den Edelstein umfing und ihn von Emilys Podest im hinteren Teil des Raumes in die Lüfte hob.

»Öffne die Tür! Öffne sofort die Tür, Mädchen, damit ich verschwinden kann!«, schrie Dragomir. »Sonst sorge ich dafür, dass dein Freund Otto den Abgang macht. Dafür reicht eine klitzekleine Brise.«

»Öffne sie nicht, Emily!«, rief Otto seiner Freundin zu. »Die Falle ist unsere einzige Chance. Solange die Wände mit Alufolie verkleidet sind, kann er nicht so einfach hindurchschweben.« Seine Handflächen begannen zu schwitzen. »Wir müssen ihn aufhalten. Die Meister aller Geister müssen jeden Moment hier sein.«

»Mach die verdammte Tür auf, Mädchen, oder du wirst es bereuen«, wiederholte der Geist eindringlich.

Ottos Blick schnellte zur Tür, die plötzlich wie durch Geisterhand aufglitt.

Doch es war nicht Emily, die sie geöffnet hatte, sondern Harold. Es dauerte keine Sekunde, da hatte der Sensenmann sein Schmetterlingsnetz gezückt, die Nebelwolke darin eingefangen und in ein Gurkenglas gesteckt. Der Amethyst knallte auf den Boden und der Sturm, der durch den Dachboden getobt hatte, ebbte augenblicklich ab. »Schon erledigt. Tja, und da soll noch mal einer behaupten, ich hätte nicht das Talent für die Meister aller Geister – ach du dickes Ei!«

In diesem Augenblick zerbarst Harolds Gurkenglas in tausend Scherben. Der Poltergeist befreite sich und baute sich als schwarze Wolke direkt vor Otto auf. Die Wolke wuchs und wuchs, bevor sie sich wieder in die widerliche Fratze von Dragomir dem Grausamen verwandelte, die Otto inzwischen schon gut kannte. Mit wutverzerrtem Gesicht blickte der Poltergeist um sich.

»Habt ihr vier Dummköpfe etwa tatsächlich geglaubt, ihr könntet mich in ein läppisches Gurkenglas sperren?« Der Geist lachte, ohne seine Lippen zu bewegen. Seine Stimme hallte von den Wänden wider. »Und mich mit ein bisschen Alufolie aus dem Supermarkt stoppen? Lasst mich endlich aus dieser Kammer raus«, befahl Dragomir. »Auf der Stelle! Oder ich stehle mich wie bei Madame Olga in deinen Körper und sorge dafür, dass deine Mum die echte Emily nie wieder zu Gesicht bekommt. Hast du das verstanden?«

»Lass Emily und Otto in Ruhe! Das wagst du nicht, du dämlicher Poltergeist!«, schrie Harold, zückte seine Sense wie eine Lanze und rannte damit auf Dragomir zu. Leider glitt die Sense mühelos durch den Poltergeist hindurch und Harold landete mit voller Wucht zwischen ein paar Pappkartons.

Otto versuchte verzweifelt, mit den Beinen irgendwo Halt zu finden, aber er hatte keine Chance. Seine Arme schmerzten inzwischen höllisch. Emily schluckte sichtlich. »Bitte, lass uns in Frieden, Dragomir. Wir können doch nichts dafür, dass –«

Sie brach ab, denn plötzlich ertönte ein pfeifendes Geräusch, gefolgt von einer Ladung giftgrüner Flüssigkeit, die durch den Raum schoss. Das Zeug blieb auf dem Gesicht des Poltergeists kleben und brannte sich ein wie

Säure. »Aaaaahh!« Der Geist stieß einen wilden Fluch aus und schrie vor Schmerzen.

»Das sind die Meister aller Geister!«, rief Otto begeistert. Direkt unter ihm hatte sich Gundula aufgebaut, die ihre neongrüne Spritzpistole vor ihren Körper hielt, aus der ganz offensichtlich die grüne Flüssigkeit gekommen war. »Sie sind endlich hier.«

»Halt durch, Junge. Wir kümmern uns nur noch schnell um diese stinkende Nervensäge, dann holen wir dich da runter«, verkündete Gundula und bahnte sich in ihrem eleganten Anzug den Weg an Emily vorbei. Sie trug wieder ihre coole Sonnenbrille, und das, obwohl es hier auf dem Dachboden beinahe komplett dunkel war. »Das hochkonzentrierte flüssige Aluminium aus unseren Pistolen hilft nur für kurze Zeit, Kinder.« Sie blickte sich kurz um. »Da kann auch eure nette Aluminiumtapete nichts mehr ausrichten. Brutus, komm schon, du musst mich hier unterstützen.«

Aus einer anderen dunklen Ecke des Dachbodens schritt nun Gundulas Kollege Brutus, einen hoch technisierten Seelenfänger in seiner Hand schwenkend. Mit einem einzigen Knopfdruck fuhr er die Teleskopstange seines Schmetterlingsnetzes aus und fing den Poltergeist damit ein. Danach wandte er sich Gundula zu. »Schnell! Ein bleiernes Gurkenglas. Irgendwelche Billiggläser würde dieser Geist in null Komma nichts sprengen.«

»Wem sagst du das?«, murmelte Harold etwas beschämt und betrachtete die Scherben seines gewöhnlichen Gurkenglases, die immer noch am Boden glitzerten.

Zum Glück reagierte Gundula sofort. Aus ihrer Tasche zog sie ein dickes bleiernes Gurkenglas, sprintete zu Brutus und beförderte die Nebelwolke hinein. Mit einer blitzschnellen Bewegung schraubte sie den Deckel auf das Glas und umwickelte sicherheitshalber auch noch das gesamte Gefäß mit dickem braunen Paketklebeband.

»Ich will ja nicht stören, aber langsam wird es hier oben echt ungemütlich«, rief Otto nach unten, doch da hatten Brutus, Gundula und Harold bereits eine große runde, gummiähnliche Plane unter ihm aufgespannt. So ein Ding kannte Otto bloß von Feuerwehreinsätzen im Fernsehen.

»Keine Angst, der Poltergeist kann dir nichts mehr tun. Du musst dich nur fallen lassen, Junge«, rief Gundula. »Wir fangen dich auf. Eins … zwei …«

Der Rettungseinsatz kam keine Sekunde zu früh. Otto spürte seine Finger inzwischen kaum noch, und selbst wenn ihm beim Gedanken daran, einfach loszulassen, etwas mulmig wurde, er musste den drei Sensenmännern vertrauen.

»Drei!«, schrien Gundula, Brutus und Harold gleichzeitig und Otto ließ sich fallen.

Ein Sensenmann, unsterblich verliebt

»Puh.« Gundula seufzte tief und steckte das Glas in die Seitentasche ihres Umhangs. »Das war ja ganz schön anstrengend. Und übrigens, sorry, dass wir erst so spät aufgetaucht sind.« Die Sensenfrau klopfte zufrieden auf den Gurkenglasdeckel. »Aber jetzt müssen wir auch schon weiter, wir müssen schließlich noch die anderen drei Poltergeister einfangen, wegen denen ihr uns hergebeten habt.« Noch bevor Otto und Emily etwas erwidern konnten, rasten Gundula und Brutus bereits aus dem Raum und hechteten die Treppen hinunter.

»Da, schau nur!«, rief Gundula aufgeregt und zückte ihr Schmetterlingsnetz. »Da sind sie, alle drei! Komm schon, Brutus, schnappen wir sie uns!«

Einen Moment lang fragte sich Otto, wovon Gundula

sprach, doch kurz darauf wurde ihm alles klar. Vor Ottos und Emilys Augen schwebten Sir Tony, Bert und Molly und lieferten eine gelungene Vorstellung ab: Molly und Bert hatten sich in schwarze Wolken verwandelt und sorgten für einen kleinen Wirbelsturm, während Sir Tony sein Gesicht zu einer riesigen Fratze verzogen hatte und bedrohliche Laute von sich gab.

Otto musste unwillkürlich grinsen, als er Tony sah. Offenbar hat der sich nun doch dazu entschieden, bei dem kleinen Schauspiel mitzumachen, um die Meister aller Geister in den Radieschenweg zu locken.

»Ich bin der Teuflische Tony«, begann Ottos ältester Hausgeist und versuchte ein bedrohliches Knurren. Leider klang es eher, als hätte er sich verschluckt. »Bösester aller Poltergeister. Meine Seele ist so schwarz wie die – aaah!« Gundula hatte ihr Netz geschwenkt und Sir Tony in eins ihrer bleiernen Gurkengläser gesteckt. Verzweifelt presste er seine Nase an das Glas. »Hilfe! Lasst mich raus! Lasst mich hier raus!«

»Die anderen beiden habe ich soeben erledigt«, verkündete Brutus zufrieden und hielt zwei weitere Gurkengläser hoch. »Wie soll ich die Gläser etikettieren, Gundula? Nur ›Bert‹ und ›Molly‹? Oder haben die beiden Poltergeister auch so lächerliche Spitznamen wie dieser Teuflische Tony, den du eingefangen hast?«

Otto wurde plötzlich flau im Magen, als Gundula und

Brutus zufrieden die vier bleiernen Gurkengläser verstauten.

Ach du liebes bisschen! Die Meister aller Geister hatten tatsächlich seine Hausgeister eingefangen. Das war nun wirklich nicht beabsichtigt gewesen. Bestimmt würde sich Sir Tony nun tagelang darüber aufregen und Otto das nie verzeihen.

»Ähm, also, Gundula … ich fürchte, hier liegt eine kleine Verwechslung vor«, stammelte Otto und versuchte es mit einem höflichen Lächeln. »Die hier … das sind gar keine echten Poltergeister. Das sind meine drei Hausgeister. Sie machen sich nur hie und da einen Spaß daraus, sich wie Poltergeister zu benehmen. Könnt ihr sie bitte wieder freilassen?«

Gundula rollte mit den Augen. »Oh Mann, sag nicht, wir haben bloß drei stinknormale Trantüten eingefangen!«, schnaubte sie. »Ist euch eigentlich klar, dass auch wir pro Glas bezahlt werden?« Widerwillig holte sie die Gläser wieder heraus und schraubte die Deckel auf.

Auch Brutus war alles andere als begeistert. »Wir könnten uns jetzt in Italien befinden und die Seelen einer ganzen Mafiabande einsammeln. Damit würden wir das Zehnfache verdienen, anstatt hier wegen eines einzigen Poltergeistes unsere Zeit zu vergeuden. Auch wenn dieser Dragomir, der euch hier in letzter Zeit auf den Geist gegangen ist, zugegebenermaßen ein ziemliches Ekel ist.«

Brutus lachte über sein kleines Wortspiel. »Und außerdem stinkt er ganz abscheulich nach Schwefel, findet ihr nicht?«

Emily zog eine Grimasse. »Zum Kotzen. Ich fürchte, Otto muss das Haus ordentlich durchlüften, damit der ganze Mief ein für alle Mal verschwindet.«

»Ob einer oder vier Geister ist nun auch egal.« Gundula zuckte mit den Schultern. »Eigentlich bin ich ohnehin nur wegen Harold hergekommen. Irgendwie tat er mir nämlich ganz schön leid, müsst ihr wissen. Dieses schäbige Auto, und dann noch diese unvorteilhafte Kutte. Ich wette, in einem Anzug, wie wir ihn tragen, würde er viel besser aussehen.«

Harold begann wieder, dämlich vor sich hin zu kichern. Irrte Otto sich etwa oder zog sich über Harolds Wangenknochen ein Hauch von Rot? Wie war denn das möglich, so ganz ohne Haut?

Es bestand kein Zweifel, Harold war verknallt in Gundula, die Sensenfrau. Der Gedanke brachte Otto innerlich zum Grinsen. Ein Sensenmann, unsterblich verliebt. Das war ja mal eine witzige Sache.

Darf ich vorstellen? Unsere Hausgeister!

In der kommenden Nacht schlief Otto so gut wie schon lange nicht mehr. Der Poltergeist war für immer verbannt und Sir Tony, Bert und Molly waren wieder aus ihren Gurkengläsern befreit worden. Er hatte so gute Laune, dass ihm sogar egal war, dass am nächsten Tag zwei Klausuren anstanden.

»Guten Morgen, Otto. Ist das nicht ein wunderbarer Tag heute?«, rief ihm eine bekannte Stimme zu, als er zur Schule radelte. »Ich fühle mich wie neugeboren.«

Otto fuhr herum und blickte direkt in Madame Olgas Gesicht. Sie wirkte plötzlich viel jünger und lebendiger als bei Ottos letztem Besuch. Vermutlich vermisste sie den Poltergeist kein bisschen. Otto fragte sich, ob sie überhaupt mitbekommen hatte, dass ein fremdes Wesen immer wieder Besitz von ihr ergriffen hatte.

»Wie neugeboren?«, lachte Otto und hielt mit dem Rad an ihrem Gartenzaun. »Das muss wohl am Frühling liegen, Madame Olga.«

Madame Olga überlegte einen Moment, dann senkte sie den Kopf. »Ich glaube nicht.« Sie zögerte, dann sprach sie langsam weiter. »Bestimmt hältst du mich für verrückt, wenn ich dir den wahren Grund erzähle. Aber ich hatte seit Jahren das Gefühl, dass mich jemand auf Schritt und Tritt verfolgt … ein Geist.«

»Ein Poltergeist?«, fragte Otto und ärgerte sich im nächsten Moment darüber.

»Ja«, stimmte Madame Olga zu. »Zugegeben, wer auch immer dieses Wesen war, bei den Séancen hat es mir immer geholfen. Erst durch diesen Geist wurde ich zu Madame Olga. Aber jetzt ist er weg.« Sie hob die Schultern. »Und meine Fähigkeit wohl auch. Vielleicht muss ich mir einen neuen Job suchen.« Sie seufzte traurig. »Dabei interessiere ich mich immer noch brennend für Geister und alles Übersinnliche. Es wäre aufregend, einen eigenen Hausgeist zu haben, findest du nicht?«

Otto kicherte müde. Aufregend? Ja, in der Tat. Noch aufregender war es, gleich drei davon zu haben.

»Hach, na ja, das sind alles nur Hirngespinste«, plapperte sie weiter und klemmte sich ihre Post unter den Arm. »Warum sollte sich ein Geist ausgerechnet dieses Haus zum Spuken aussuchen?«

Otto lachte für einen Moment mit, dann wurde er schlagartig ernst. Fernando! Wenn er dem spanischen Torero nur erzählen würde, dass Madame Olga sich einen Geist in ihrem Haus wünschte, wäre das die Lösung aller Probleme.

Als Madame Olga zurück ins Haus wackelte, beschloss Otto kurzerhand, noch schnell in den Schuppen zu schleichen und bei seinem spanischen Freund vorbeizuschauen. Er würde zwar zu spät zur ersten Stunde kommen, aber das war es ihm wert. Fernando durfte Madame Olgas Mitbewohner werden. Otto musste ihm unbedingt sofort davon berichten.

* * *

Als Otto nach der Schule nach Hause kam, hatte er noch immer wunderbare Laune. Und das nicht nur, weil Fernando zugestimmt hatte, Madame Olgas neuer übersinnlicher Mitbewohner zu werden. Die beiden kamen bereits ganz gut miteinander aus, auch wenn Madame Olga keine Geister sehen und hören konnte und die Gespräche deshalb etwas einseitig verliefen.

Otto war sogar so gut gelaunt, dass er beschlossen hatte, heute einmal selbst für das Abendessen zu sorgen. Den Käse hatte Bert zwar schon aufgefuttert, aber im Kühlschrank befanden sich noch Butter, Tomaten und ein Bund frischer Radieschen. Letztere schmeckten Bert zum Glück überhaupt nicht.

Otto hatte gerade einige Scheiben Brot mit Butter bestrichen und die Radieschen geschnitten, als Tante Sharon vom Flohmarkt zurückkam. Sie hatte fünf Uhren ergattert, eine scheußlicher als die andere.

»Oh, Otto, ich habe tolle Nachrichten«, lachte sie.

»Ich sehe es. Du hast Uhren gekauft, nicht wahr?« Um des lieben Friedens willen verzichtete Otto darauf, zu sagen, dass alle ihre Uhren richtig hässlich aussahen. Und darauf, dass es im Salon noch lauter tickte, hatte Otto eigentlich auch keine Lust. Aber es war nun mal Tante Sharons Hobby und beschäftigte sie zum Glück auch oft so intensiv, dass sie vergaß, was um sie herum vor sich ging. Und das war manchmal wirklich ein großer Vorteil.

»Es sind nicht nur die Uhren.« Tante Sharon grinste geheimnisvoll. »Ich habe endlich einen gut betuchten Käufer für unser Haus gefunden.« Sie zuckte mit den Schultern. »Ich habe auf dem Flohmarkt einen Mann kennengelernt, der uns den doppelten Wert des Hauses bezahlen möchte.« Sie stellte ihre Tasche ab und legte Otto eine Hand auf seine Schulter. »Oh, Otto, wir werden endlich diese drei gefährlichen Poltergeister los, von denen wir nun dank Madame Olga wissen. Ist das nicht großartig?«

Otto schluckte, dabei wurde ihm schlagartig übel. Er

schüttelte Tante Sharons Arm ab und ging einige Schritte auf Abstand. »Aber Tante Sharon, wie oft denn noch?«, jammerte er verzweifelt. »Ich will nicht wegziehen. Mir gefällt es hier im Radieschenweg. Ich liebe das alte Haus. Die Nachbarn sind nett. Und Emily ist meine allerbeste Freundin. Hier fühle ich mich einfach zu Hause.«

Tante Sharons Miene wurde plötzlich ernst. »Otto, das weiß ich, aber mit dem Geld können wir an einen Ort ziehen, wo es uns noch besser gefällt«, erklärte sie ihm mit ruhiger Stimme. »In ein noch größeres Haus. Es muss ja nicht gleich eines dieser neumodischen Dinger sein, die aussehen wie ein riesiger hässlicher Würfel – wie das, in dem Emily wohnt. Vielleicht … vielleicht reicht es sogar für ein Schloss.«

Otto überlegte. Natürlich wäre es spannend, in einem echten Schloss zu wohnen. Dort gäbe es bestimmt eine Menge aufregender Dinge zu entdecken. Uralte Ritterrüstungen. Geheimgänge. Aber würden Sir Tony, Bert und Molly ihn dorthin begleiten? Und was war mit Fernando, der nebenan wohnte? Auch wenn der Torero Otto manchmal fürchterlich nervte, der spanische Winzling war ihm irgendwie ans Herz gewachsen.

»Tante Sharon, bitte«, startete Otto einen letzten Versuch. Er ging kurz in die Küche, um das Abendessen auf ein Tablett zu laden und vor Tante Sharons Augen auf

dem Esstisch im Salon zu platzieren. »Lass uns noch mal drüber reden. Ich habe dir sogar Abendessen gemacht.«

Otto konnte sehen, wie Tante Sharons Entschlossenheit schwand. Dass Otto für sie das Abendessen zubereitete, schien sie komplett umzuhauen. Auch wenn es sich nur um ein paar belegte Brote handelte.

Tante Sharon nahm sich ein Brot und biss genüsslich hinein. »Ach, Otto«, jammerte sie mit vollem Mund. »Ich bin mir sicher, dass es hier spukt. Und mit gefährlichen Geistern kann ich einfach nicht unter einem Dach leben.«

Otto zögerte. Was er nun versuchen wollte, Tante Sharon zu erklären, würde ihm nicht leichtfallen. Aber es war die einzige Chance, sie zum Hierbleiben zu bewegen. »Und was wäre, wenn die Geister gar keine Poltergeister wären?«, begann er schließlich und starrte auf seinen Teller. »Wenn sie nette Geister wären? Freundliche Geister?«

»Freundlich?«, krähte Molly, die kopfüber vom Kronleuchter im Salon baumelte und ihre beiden Zöpfe schwingen ließ. »Sir Tony und freundlich? Er echauffiert sich schon den ganzen Tag wegen dieser Sache mit den Bleibehältern. Wenn er gewusst hätte, dass die Meister aller Geister ihn einfangen würden, hätte er nie zugestimmt, uns zu helfen.« Sie kicherte frech. »Ich jedoch habe nicht die leiseste Ahnung, warum dieser alte Griesgram sich so aufregt. Ich fand es lustig in diesem Gurkenglas. Es war irgendwie gemütlich.«

Tante Sharon hörte Mollys Einwand nicht. Etwas verdutzt sah sie zu Otto herüber. »Wie meinst du das? Freundliche Geister?« Dann riss sie ihre Augen auf und starrte Otto verwundert an. »Hast … hast du sie etwa gesehen?«

Gesehen? Otto musste sich bemühen, nicht zu grinsen. Er hatte sich längst mit jedem einzelnen Hausgeist angefreundet, kannte ihre Lieblingsspeisen, ihre Lieblingslieder und wusste, wo in Tante Sharons Villa sie sich am liebsten aufhielten. Aber vielleicht war es besser, ihr all diese Details nicht gleich auf einmal zu erzählen.

»Ich habe sie gesehen, ja«, sagte Otto schließlich und nickte. »Sie heißen tatsächlich Sir Tony, Bert und Molly, aber sie sind keine Poltergeister. Sir Tony ist sogar eine Art … Beschützer dieses Hauses.«

Tante Sharon wurde etwas blass um die Nase. Sie starrte erst Otto an, dann ließ sie ihren Blick durch den Salon gleiten, als würde sie ihn nach Geistern absuchen. Mollys Anwesenheit schien ihr in keinster Weise aufzufallen. »Aber warum … warum kann ich sie nicht sehen?«, stotterte Tante Sharon jetzt. »Wenn ich sie sehen könnte, dann … dann würde es mir leichter fallen, dir zu glauben.«

Otto überlegte. Vielleicht war es nun endlich so weit.

Vielleicht musste Tante Sharon Sir Tony, Bert und Molly persönlich kennenlernen, um sich davon zu überzeugen, dass die drei vollkommen harmlos waren. Und Otto hatte auch schon eine Idee, wie er das anstellen würde.

»Warte einen Augenblick hier«, wies er seine Tante an, dann sprintete er aus dem Salon, in Windeseile die Treppe hinauf bis in die geheime Bücherkammer. Im zweiten Bücherregal von links, hinter dicken Wälzern zum Thema Englische Geschichte, hatte Emily die Geisterbrille gestern nach dem Besuch der Meister aller Geister versteckt, weil sie Angst hatte, dass die Haushälterin ihrer Eltern sie daheim zufällig entdecken könnte.

Als Otto die Brille gefunden hatte, stürzte er damit zurück in den Salon und legte sie vor Tante Sharon auf den Tisch. Etwas unschlüssig hob Tante Sharon sie auf und begutachtete das Ding von allen Seiten.

»Ha, was für eine witzige Brille«, lachte sie. »Ich glaube, die habe ich schon mal an Emily gesehen. Sie hat mir ganz schön leidgetan, ich dachte schon, ihre Eltern hätten sie für sie ausgesucht.«

»Tante Sharon, das ist keine gewöhnliche Brille«, klärte Otto sie auf. »Eigentlich ist es eine besondere Erfindung.« Wer genau hinter dieser Erfindung steckte, erwähnte er lieber vorerst nicht. Das würde er seiner Tante irgendwann mal erklären. Aber ihr jetzt auch noch von Onkel Archibalds Tätigkeit als Geisterforscher und der geheimen Bücherkammer zu erzählen, würde sie vielleicht überfordern.

»Eine Erfindung?« Tante Sharon runzelte die Stirn. »Abgesehen von dem etwas schrägen Design kann ich daran nichts Ungewöhnliches finden.«

»Setz sie mal auf«, schlug Otto vor.

»Okay.« Etwas unsicher platzierte Tante Sharon die Brille auf ihrer Nase und blickte sich im Raum um. »Eigentlich sehe ich alles ganz normal, wie durch Fensterglas. Das Ding wirkt also weder vergrößernd noch verkleinernd, also ziemlich … uaaah! Was in Dreiteufelsnamen tut denn das Mädchen mit den Zöpfen da auf dem Kronleuchter?« Erschrocken nahm sie die Brille ab und starrte noch mal an dieselbe Stelle. »Jetzt ist sie plötzlich verschwunden. Otto, was ist das nur für eine Brille? Und wer ist dieses Mädchen?«

»Das ist Molly, Tante Sharon.« Otto holte tief Luft und rückte mit dem Stuhl näher an seine Tante. Hoffentlich würde sie die ganze Sache gut wegstecken. Geister gehörten inzwischen schon zu Ottos Alltag, aber Tante Sharon hatte in ihrem ganzen Leben noch keinen einzigen Geist gesehen.

»Molly?«, wiederholte Tante Sharon ungläubig. Es dauerte eine Weile, bis es Klick machte. »Du meinst … Molly, der Poltergeist?«

»Molly, der Hausgeist«, korrigierte Otto sie. »Wie ich schon sagte, hier wohnen keine Poltergeister. Molly ist total nett. Meistens spukt sie in der Waschmaschine und versteckt unsere Socken.«

An Tante Sharons Blick erkannte Otto, dass ihr die Sache mit den verschwundenen Socken auch schon aufgefallen war.

»Sorry«, kicherte Molly jetzt. »Ich habe nun mal ein Faible für Socken. Und es macht außerdem einen Heidenspaß, euch beim Suchen zuzusehen. Euch dabei zu beobachten, wie ihr sie nicht findet und dann notgedrungen zwei verschiedenfarbige Socken anziehen müsst.« Sie kicherte. »Ich verspreche, mich zu bessern.«

»Molly«, wiederholte Tante Sharon etwas belämmert. Dann schien sie sich einen Ruck zu geben und setzte, beinahe in Zeitlupentempo, die Geisterbrille erneut auf. »Bist du … ein echter Geist, Molly?«

»Jepp. Hundert Punkte, Tante Sharon.« Molly winkte kopfüber vom Lampenschirm. »Ein Geist. Eine Spukerscheinung. Ein körperloses Wesen. Oder auch Gespenst.« Sie überlegte. »Obwohl, den Begriff Gespenst habe ich eigentlich nicht so gerne. Da denken alle immer an rasselnde Ketten und Leinentücher.«

Tante Sharon verschlug es für einen kurzen Moment die Sprache. »Und Molly, wie … wie lange bist du schon hier?«, stotterte sie.

Molly überlegte. »Ich war schon hier, als ihr eingezogen seid. Über hundert Jahre.« Sie lächelte kokett. »Das Alter sieht man mir aber gar nicht an, findet ihr nicht? Sir Tony allerdings schon. Das zerknitterte Gesicht mit den vielen Falten kommt davon, dass er sich ständig ärgert, der alte Kauz.«

»Sir Tony, Bert und Molly«, wiederholte Tante Sharon für sich selbst. »Also gibt es tatsächlich drei von euch?«

Molly zuckte mit den Schultern. »Ja, genau, drei Geister, wenn man es genau nimmt. Zwei coole Geister, Bert und mich. Und dazu einen Quälgeist, hihi.«

»Ich fasse es nicht!« Tante Sharon schüttelte den Kopf und blickte Otto an. »Sie ist ja richtig nett, diese Molly. Ein bisschen verrückt vielleicht, aber gar nicht gruselig.«

»Vielen Dank, Tante Sharon.« Molly machte eine kleine Verbeugung. »Ich weiß. Ich habe kein Loch im Bauch und trage auch nicht meinen eigenen Kopf spazieren«, ergänzte sie zufrieden. »Man könnte mich also als ziemlich gewöhnlichen Geist bezeichnen.«

»Und ihr … ihr wollt uns ganz sicher nichts Böses, wenn wir hierbleiben?«, erkundigte sich Tante Sharon.

»Nö. Keine Spur.«

Otto konnte sich das Grinsen nur schwer verkneifen. Das klang doch schon wesentlich besser als vorhin. Gott sei Dank hatte er sich getraut, Tante Sharon die Brille zu zeigen.

»Tante Sharon, bitte.« Otto versuchte es mit einem treuherzigen Hundeblick. »Lass uns hierbleiben.«

Tante Sharon zögerte einen Moment, doch schließlich seufzte sie tief und nickte. »Na gut.« Kaum einen Augenblick später begann die Pendeluhr plötzlich, laute und schiefe Schläge von sich zu geben. Otto erschrak.

Tante Sharon blickte etwas unsicher auf ihr Handgelenk. »Warum schlägt das alte Ding denn jetzt schon?«, fragte sie verdutzt. »Es sind doch noch ganze acht Minuten bis zur nächsten vollen Stunde.«

Otto stand auf und bückte sich. »Vielleicht deshalb«, erklärte er, hob ein Stückchen Papier auf und hielt es seiner Tante entgegen. Er hatte bereits eine Vermutung, wer die Botschaft verfasst haben könnte. »Hier. Ich glaube, wir haben soeben einen Brief aus der Pendeluhr bekommen.«

Tante Sharon hielt die Luft an. »Öffne du ihn, Otto.«

Otto nickte und faltete den Zettel auseinander. Darauf standen, in Onkel Archibalds Handschrift, die Otto aus den Notizbüchern kannte, lediglich zwei Worte:

GUTE ENTSCHEIDUNG.

Otto grinste, während Tante Sharon etwas unsicher auf das Papier und dann wieder zu Molly blickte.

»Und ihr wollt uns auch nicht … ähm … erschrecken? Oder zu Tode ängstigen? Oder uns sonst irgendetwas anhaben?«, vergewisserte sie sich ein zweites Mal.

Molly lachte laut. »Wir sind Geister. Hättest du die Brille nicht auf, Sharon, würdest du uns nicht mal wahrnehmen. Na ja, Bert vielleicht schon, immerhin verputzt er seit Jahren deinen Käse.«

Tante Sharons Augen wurden plötzlich riesig. »Ich wusste es!«, rief sie und klatschte zufrieden in die Hände. »Ich wusste, dass Otto selbst nicht so viel Käse essen kann. Ich habe schon auf Mäuse getippt, aber wie sollten die denn in den Kühlschrank gelangen?«

»Ich war es wirklich nicht.« Otto hob die Schultern. »Ich mag Käse nicht mal besonders.«

»Ich entschuldige mich in Berts Namen.« Molly lächelte. »Aber es hilft, die Vorräte in Alufolie einzuwickeln, Sharon. Denn da kannst du dir sicher sein, dass Bert sie unangetastet lässt.«

»Alufolie?« Tante Sharon warf Otto einen verwirrten Blick zu.

Otto seufzte und betrachtete eine der neuen Uhren, die Tante Sharon heute auf dem Flohmarkt ergattert hatte. Es war beinahe Mitternacht, sie hatten sich total verplaudert. »Das ist eine lange Geschichte, Tante Sharon. Wenn du mir nicht böse bist, erzähle ich sie dir morgen.«

Seine Tante nickte, doch dann schien ihr noch etwas einzufallen. Sie kniff die Augen zusammen. »Und am besten erklärst du mir dann auch, warum unser Garten aussieht, als hätte ihn ein Riesenmaulwurf verwüstest.

»Ähm … ja. Das erzähle ich dir natürlich auch morgen«, murmelte Otto, bevor er hinauf in sein Zimmer ging. Wenigstens blieb ihm noch eine ganze Nacht, um sich eine gute Ausrede dafür einfallen zu lassen.

Sonja Kaiblinger wurde 1985 in Krems geboren und wuchs in einem fast 100 Jahre alten Spukhaus auf. Jedenfalls ist sie bis heute davon überzeugt, dass dort Geister ihr Unwesen treiben – anders kann sie sich die vielen merkwürdigen Ideen nicht erklären, die sie jedes Mal hat, wenn sie sich dort aufhält. Neben dem Schreiben reitet sie gerne und sammelt leere Gurkengläser, um sie zu Wucherpreisen an Sensenmänner wie Harold zu verkaufen.

Fréderic Bertrand wurde 1981 in Minden geboren und kurz darauf von allen guten Geistern verlassen. Er spukt nun schon seit einigen Jahren durch Berlin, wo er in seiner schaurigen Atelier-Höhle zu kreischenden Orgelklängen an grauenerregenden Bildern herumkritzelt. Neben dem Zeichnen tüftelt und schraubt er gern nächtelang an rostigen Gefährten, mit denen er dann rumpelnd und qualmend auf der Jagd nach Monstern durchs nächtliche Umland kutschiert.